火凤凰新批评文丛

陈思和 主编

U1007865

第一本

方岩 著

山西出版传媒集团 北岳文艺出版社
BEIYUE LITERATURE & ART PUBLISHING HOUSE
·太原·

图书在版编目（CIP）数据

第一本 / 方岩著 . — 太原：北岳文艺出版社，2020.3
（火凤凰新批评文丛 / 陈思和主编）
ISBN 978-7-5378-6147-2

Ⅰ . ①第… Ⅱ . ①方… Ⅲ . ①中国文学 – 当代文学 – 文学评论 Ⅳ . ① I206.7

中国版本图书馆 CIP 数据核字（2020）第 025077 号

第一本

方岩 / 著

出品人
续小强

选题策划
续小强　刘文飞

责任编辑
刘文飞

封面设计
观止堂＿未氓

印装监制
郭勇

出版发行：山西出版传媒集团・北岳文艺出版社
地址：山西省太原市并州南路 57 号　邮编：030012
电话：0351-5628696（发行部）　0351-5628688（总编室）
传真：0351-5628680
网址：http://www.bywy.com　E-mail：bywycbs@163.com
经销商：新华书店
印刷装订：山西人民印刷有限责任公司

开本：787mm × 1092mm　1/16
字数：188 千字
印张：13.5
版次：2020 年 3 月第 1 版
印次：2025 年 1 月山西第 2 次印刷
书号：ISBN 978-7-5378-6147-2
定价：40.00 元

本书版权为本社独家所有，未经本社同意不得转载、摘编或复制

总序

为第二套《火凤凰新批评文丛》而作

去年，北岳文艺出版社社长、总编辑续小强先生来上海找我，希望我为出版社策划两套书，一套是贾植芳先生全集，另一套就是青年批评家文丛。对于前一套书我颇感兴奋，贾先生去世已经五年，再过两年就是他老人家的百年诞辰，北岳文艺出版社作为先生的家乡出版社，能够做此善举，是我极为高兴的事情。后一套书却让我多少有些感慨。小强先生希望我用“火凤凰新批评文丛”的名义来编这套书。“火凤凰”是我当年策划一系列人文批评丛书的品牌，但时过境迁，当初推出第一套“新批评文丛”已经是二十年以前的事情了。小强先生是“80后”的青年，他居然还能想到二十年前曾经在出版界发生过影响的一套丛书，希望能够接着这个出版道路走下去，激励今天的青年文学批评家。我觉得我没有理由谢绝他的这番好意。于是就有了这一套青年批评家的丛书。

我为此又特意翻阅了1994年出版的第一套“火凤凰新批评文丛”。前面除了有巴金先生的题词和任意先生设计的徽标以外，还有一篇徐俊西先生写的序言。序言里有这么一段话：据云，他们编辑《火凤凰新批评文丛》宗旨有二：一曰“在滔滔的商海之上”，建立一片文学批评的“绿洲”；一曰“文坛空气普遍沉闷的状况下”，弘扬当代知识分子的“人文精神”。徐俊西先生是我的老师，他这里所指的“他们”，就是我和王晓明两个策划者，这里所说的“宗旨”，肯定也是我们当时讨论的话题。但我现在一点儿也想不起来在哪篇文章里写过这样的话。我原先记忆里似乎为这套文丛写过一个卷头语，但现在翻阅一遍也没有找到，也许是我曾经写了，后来没有用上，只是给徐老师写序时做了参考。所以，徐老师文章里打了引号的那些意思，可以定论为我们当时筹办火凤凰学术著作出版基金、策划多种出版物的基本宗旨。

现在已经二十年过去了，我们整个文化工作在经济上是阔气多了，高校系统拨了大量的经费资助学术著作出版，各种文化基金、出版基金也都接受学术著作的出版补贴。所以现在高校里的青年教师要出一本书并不困难，但真正的困难还是存在的，我觉得最大的问题是，当前一本文艺批评的著作能否产生它应有的社会影响和学术影响。这个问题直接影响到青年批评家的专业思想以及价值观。

1980年代，文艺批评是显学，尤其是1985年以后，文艺批评承担了很重要的社会功能。当时整个文学艺术正处于一个逐渐摆脱政治体制制约，开始自觉、自主、自在的审美阶段。所谓自觉是指文学艺术审美价值的内在自觉，自主是指创作主体独立的精神追求，自在是指文学艺术作品在文化市场上接受检验、寻求合理生存的社会效应。这是中国当代文学艺术创作的重要转变，对后来的文学艺术发展产生了深远的影响。那时人们在主观上还没有充分意识到这一点，而转变中的文艺创作需要理论支撑才能显现出它的合法性。1985年的方法论热潮正是适应这样的文化形势的需要而蓬勃开展起来，一批年轻人懂外语，面向世界，如饥似渴地学习、引进西方各种理论思潮，消解原来一元化的“文艺为政治服务”的戒律，与文艺创作互相呼应，对实验性、探索性、先锋性的文艺创作给以及时的解读。记得我当时在《上海文学》杂志上发表过一篇谈现代主义思潮在中国演变的文章，从“五四”前后谈到当下西方现代主义与中国文化传统相融汇的可能性。那时我读书并不多，论述也有点勉强，学术性是谈不上的，但是在一批作家中间引起过强烈反响。有一个朋友说，那不是你的文章写得好，而是他们（指作家们）需要你这样的说法。我以为这个朋友说得对，文学批评理论就是要在时代、文化发生转变的时候，及时发现问题和提出问题，通过解读某些创作现象来阐释事物发展的规律。这样的批评才会引起社会的关注，1980年代刘再复先生的一本《性格组合论》可以成为畅销书，在今天真是不可想象的。

这样一种文艺创作发展的需要，使文学批评的主体力量从作家协会系统逐渐转移到高校学院，一批研究现当代文学、文艺理论的大学教师逐渐取代了原来作协的文艺官员、核心报刊的主编。本来文艺批评应该有更大气象产生，但新的问题也随之而来，随着1990年代初的政治空气和经济大潮的冲击，学院里从事批评的青年教师们遭遇到双重压力。当时真正的压力还不在主观上，因为学院批评与政治权力保持相对距离，在主观探索方面仍然有一定的空间，但是客观上却遭遇了市场的挑战。出版业的萧条和倒退，迫使原先构建的批评家工作平台纷纷倒闭或者转向，出版人仿佛在惊涛骇浪里行舟，都有随时翻船的恐惧。不赚钱的学术著作，尤其是文艺批评论文集，自然无法找到出版的地方。学术研究成果既然不能转换为社会财富，必然会影响主体热情的高扬和自觉，导致对专业价值的怀疑。那时候高校考评体制还是传统学术型体制，青年教师如果不能顺利出版著述，其职称评定、福利待遇以及社会评价都受到影响。我在1993年策划《火凤凰新批评文丛》就是建立在这样的客观形势之上，所谓逆风行驶。我当时就想试试，到底是读者真的不欢迎文艺批评，还是出版社被市场经济大潮吓慌了手脚而不肯作为？我与一些受到人文精神鼓舞的出版社同道们一起分担了这个实验，实践下来的结果是好的，书虽然有了一些经费补贴，出版社不至于亏损，但是销售和宣传的结果，反而有所盈利，文丛最后几本的出版已经不需要资助了。我比较看重的是这套丛书里几位青年批评家的著作，如郜元宝、张新颖、王彬彬、罗岗、薛毅等几位青年才俊的论文集，如果说，这套丛书多少为作为全国批评重镇的上海批评队伍建设做过一点儿贡献，也就是不失时机地稳定了这批青年评论家的专业自信。后来几年里我又策划了《逼近世纪末批评文丛》（山东友谊出版社），继续做了这样的工作。

现在回过头来看，这套丛书的意义还是超出了我当时的期望，不仅仅是对几位青年朋友产生影响，也不仅仅是对上海地区的文学批评产生影响。续小强先生在二十年之后还想借重这个出版品牌来推动青年批评家著作的出版，就是证明之一。不过如我前面所说，现在青年批评家面临的问题，与当年的问题并不相同，批评的处境也不同。现在，关于要加强文艺批评的主流声音一直不断，大媒体报刊也相应地设立批评专页的版面，稿费据说不菲，在高校、出版系统申请出版批评文集的经费也不特别困难。那么，今天的困难在哪里？我个人以为，恰恰是前面提到的编辑“火凤凰”的两个宗旨中的一个：批评家作为知识分子独立主体的缺失，看不到文艺创作与生活真实之间的深刻关系，一方面是局限于学院派知识结构的偏狭，一方面是学院熏陶的知识者的傲慢，学院批评无法突破知识与立场的局限而深入到真实生活深处，去把握生活变化的内在规律，而是把时间精力都耗费在轰轰烈烈的开大会、发文章、搞活动、做项目等等，尽是表面的锦团花簇而缺乏深入透彻地思考生活和理解生活。其实，批评家最重要的是需要有宽容温厚的心胸、敏感细腻的感觉，以及坚定不妥协的人文立场，才能发现尚处于萌芽状态的新生艺术力量，与他们患难与共地去推动发展文学艺术。在我看来，今天我们面临文化生活、审美观念、文学趋势之急剧变化，一点也不亚于1980年代中期的那场革命性的转型。但是，现在文艺探索与理论批评却是分裂的，探索不知为何探索，批评也不知为何批评，以其昏昏使人昭昭，文艺批评怎么能够产生真正的力量呢？所以我今天赞同续小强先生继续编辑出版《火凤凰新批评文丛》，但所希望的，不在多出几本批评文集，更不在乎多评几个职称，而是要培养一批敏感于生活、激荡于文字、充满活力而少混迹名利场的新锐批评家。

这是我的愿望。写出来与青年批评家们共勉。

陈思和

2014年3月3日于鱼焦了斋

略说方岩

方岩在南京大学获得博士学位，他之所以没能留在南大当一名教师，首先因为“出身不好”。

如今的大学都讲究“出身”。在研究生招生中，“出身歧视”就很严重。现在的硕士生招生，所谓“推免生”占了很大比例。在一些所谓的名校，即此前的所谓“985 学校”，硕士研究生招生中，推免生甚至占到百分之七十以上。而要进入推免范围，首先必须本科就读的是很牛的学校，不是“985”，也得是“211”。最近一些年，一些所谓的名校，博士生招生，实行“申请考核制”，如果本科和硕士就读的不是“985”或“211”，连参加考核的资格都可能没有。既然在研究生招收中，就如此重视“出身”，那在招收教师时，“出身”就更是一道铁门槛了。

方岩本科和硕士阶段，就读的是一般的大学，不是“211”，更非“985”，所以，博士毕业，考入了江苏省作家协会，在《扬子江评论》当了一名编辑。

有好几年的时间，《扬子江评论》的专职编辑只有方岩一人，本职工作当然很忙碌。现在增加至二人，也仍然是忙的。这些年，在本职工作之余，方岩还写下了为数不少的针对当下作家作品的批评文章，在学术界，在文坛上，产生了一定的影响。

在南京大学攻读博士学位期间，方岩的学术兴趣和学术才华，主要体现在文学史的研究方面。那时候方岩写的文章，研究的都是中国现当代文学史的问题，文章很学院化。到作家协会任职后，方岩及时调整了自己的学术路向，直面当下的文学创作，把当代作家的新近作品作为自己的研究对象。作为一名作家协会的工作人员，作为一个文学批评刊物的编辑，这样的调整当然是必要的和明智的。

文学批评无非就是审美感受的表达。不过，审美感受和审美感受的表达，都既关乎天赋，也关乎审美经验、文学史知识和理论修养。而审美经验、文学史知识和理论修养，则属于后天功夫。方岩虽然本科和硕士阶段的出身不好，但后天的功夫还是比较过硬的。文学作品，尤其是经典性的文学作品读得较多，因此积累了比较丰富的审美经验；本来就对中国现当代文学史感兴趣，对百年来的新文学发展状况较为熟悉。方岩也有强烈的理论兴趣，各种各样的理论读了不少。较好的先天禀赋和较过硬的后天功夫相结合，使得方岩具有了较为准确地观察、审视和评说当代文学创作的本领。

方岩的评论文章，大都灵动而厚重，兼具这两种品格，不是一件容易的事。这些年，方岩重点关注当下长篇小说创作，这实在是一件必定吃力而未必讨好的事情。这样的选择，可能有主客观两方面的原因。主观方面姑且不论。长篇小说因其篇幅、结构方面的原因，能够更鲜明、更突出地揭示当下中国现实中的种种奥秘，也能够更典型、更集中地显现中国当代作家讲述中国现实的方式，这大概可算是方岩选择长篇小说作为主要研究对象的客观原因。

作为一名刊物编辑，写作对于方岩并非非做不可的事。但我希望方岩把写作坚持下去，并且能够不断进步，把文章越写越好。

王彬彬

目 录

第一辑

景观

“八十年代”作家的溃败和“80后”作家的可能性

复刊前的《今天》是1980年代文化记忆的标志之一。海外复刊后，《今天》亦经常会策划与1980年代相关的专题文章，年复一年的追忆与重述引发了一个问题，作为一段历史记忆的“八十年代”到底是可以共享的历史遗产和精神资源，还是已经固化成为一部分人的可资炫耀的文化资本，抑或是两者兼而有之？2013年，《今天》的秋季号使我再次面对这个问题。这一期是“顾城纪念专号”，在一批纪念文章之外，还有青年批评家杨庆祥的《80后，怎么办？》一文出现在刊首。于是，一边是崛起于“八十年代”的文化英雄们对往事的缅怀和追忆，一边是出生于“八十年代”的文学从业人员在谈论自身所从属的年龄阶层在被“中国梦”所掩盖的艰难时世中的挣扎与困惑。无论是巧合还是有意为之地编排，这种对比都显得意味深长。在这些1980年代成名的作家中，特别是与“朦胧诗”“先锋小说”（包括“寻根”“现代派”在内）这些创作潮流有联系的作家们，刚出现在历史现场，就在当时的文学批评的狂热吹捧中踏上“经典化”的文学史之路。1990年代中后期，当后来被媒体称之为“80后”的孩子们陆陆续续进入大学接受文学史教育时[1]，正是1980年代的那些作家们在文学史叙述中被塑造成为“文化英雄”的时候。因此，在很大程度上，先锋作家们[2]及其创作成为“80后”这一代关于当代文学的最初印象和最高标准。他们之中的一部分人后来走上文学批评和文学研究之路，都与当初的文学史教育和引导性阅读有关。至少我身边“80后”的文学从业人员，大抵都有过这种类似的经历。可以说，这是与“八十年代”有关的两代文学从业群体最初的相遇，“八十年代”的精神资源也在这个层面实现了共享与传承。然而随着时间的推移，这种关联开始显得愈发脆弱和虚幻。首先，“先锋”在1980年代的政治/文化语境中意味着“反抗”“启蒙”“精英”等未受到质疑的现代性话语。“80后”们遭遇“先锋”的时候，正是上述话语在1990年代以后的市场经济语境中开始受到质疑、遭到污名化的时候。但是“先锋”中所包含的某些审美特质依然和当时还处于“抒情时代”[3]的“80后”的理想主义情怀和阅读趣味不谋而合。更何况，当年的“先锋”写作又何尝不是文化英雄们在“抒情时代”的行为艺术呢？其次，随着阅读、知识、阅历的增长，“80后”们开始意识到文学史教育的不可靠。如果说，当年的先锋作家们是通过激进的“叙述”变革而闯进历史现场的，那么，将他们视为“经典”，甚至是可以与五四文学并举的20世纪中国文学的高峰[4]，事实上也是经由某种“叙述”手段来实现的。因此“历史叙述”背

---

[1] 1990年代中后期，有两本教材对“80后”一代的当代文学史教育产生影响：1. 陈思和：《当代文学史教程》，复旦大学出版社1999年初版；2. 洪子诚：《当代文学概说》，青木书屋，1997年。后改为《中国当代文学史》，北京大学出版社1999年初版。

[2] 为了描述方便，本文用“先锋”来指代1980年代的那些在形式、内容等方面引发争议，并为当初的文坛带来新的可能性的作家和作品，这些作家作品在当时的语境下有许多命名，比如“朦胧”“后朦胧”“第三代”“现代派”“新潮小说”“先锋小说”“探索小说”“新小说”等。

[3] 参见米兰·昆德拉：《帷幕》，上海译文出版社2012年版，第99页。

[4] 这种说法最早出现于1980年代中期特别是1986年“新时期文学十年总结”等一系列文学会议前后。参见方岩：《“80年代”与“新时期文学”：以思维特征、主题词汇、修辞倾向为例——考察1980年代文学批评史的一种视角》，《文艺争鸣》2014年第3期。

后的选择性、策略性及其主导的意识形态与“先锋”经典化之间的关系，对于长大的“80后”而言不再是陌生的知识和事实。再次，具体到当下的文坛，“先锋”们如今的一举一动依然是文坛的焦点，所到之处依然是鲜花和掌声，似乎是他们的创作越来越好，依旧引领着文学的新风尚，也似乎是1980年代之后再无超越他们的作家出现。然而在我看来，与他们当年的叛逆的美学形象相比，如今的“先锋”们似乎在背道而驰，他们更像是话语的掌控者、游戏规则的制定者、秩序的维持者，是文学场域内部权力和资本共谋的缩影。当他们年复一年地追忆、重构自己的英雄时刻或发迹前史时，当下与往昔之间的分裂就愈发显得明显。

面对这一切，杨庆祥们[1]出路在哪里？一方面，曾经激励他们投身文学行当的“八十年代”的精神资源在当下似乎已经难以为他们提供经验和可能性；另一方面，“先锋”们对当下文坛权力/秩序的认同和共谋似乎也在暗示“八十年代”的精神资源只是用来凭吊和消费的历史遗迹。“怎么办？”这是“80后”面对自身的生存、发展困境而又无精神资源可资利用时表现出的清醒、焦虑和反思。但是，当这种表达出现一份——由当年的先锋们把持且其开放性、包容性乃至先锋性都并非如其标榜的那样的——刊物上的时候，问题变得暧昧与复杂起来。因为，杨庆祥描述、反思了造成“80后”困境的资本、权力、制度、精神等症候，却忽略了分析、反思与他的生存、发展关系最为密切的文学界的现状及其权力/秩序。因此，作为一名“80后”文学从业人员，我更愿意在杨庆祥的疏忽之处继续追问：昔日“先锋”作家们的当下创作基本面貌如何，是否为当代文学发展提供了新的可能性？他们的当下创作与“八十年代”是否还存在某种关联，是拓展了“八十年代”的精神资源在当下的适用性，抑或早已背离当年的时代精神？如果说“先锋”们在

[1] 说明：1.杨庆祥是近年涌现的青年批评家群体中比较突出的一位，因而本文是把他当作符号来使用的，正如他在《80后，怎么办？》中把韩寒当作符号来谈论一样。2.本文并不涉及对他和他这个代际的批评家的褒贬。

当下的创作表现出一种守成、保守甚而是僵化、倒退的状态，那么杨庆祥们该如何处理这份遗产，是批判、切割或激活，还是寄身于当下的文学生态和权力格局中不作为?

还是《今天》，他们曾如此总结“先锋小说”：

> 起始于上个世纪八十年代的汉语文学复兴，是八十年代中国知识分子整体语境构成的一部分，其某种令人激动的情形将再也无法在以后的历史上复制，尤其是先锋小说家作为一个极其有限的范围，他们稀缺的存在以及发出的独特声音，对汉语小说纯叙事的影响却是至今为止任何他们以后那些走红的年轻作家所没有超越的……对于先锋小说家而言，先锋从来不是文学的目标，他们不约而同挣脱了现实主义长期桎梏的背后实际上处于启蒙与怀疑并置的特定时刻，即他们文体的变革取决于他们首先发现了隐藏在传统叙事结构下面的另一个世界。这不仅与八十年代大量西方现代主义文学作品引入呼应，同时也是西方哲学不失时机地在中国当代文学创作中的一种回响。[1]

这种说法可被视为理解“80年代”和“先锋小说”历史意义的基本共识，同时也是先锋作家在追溯历史时不断强化的自我认知，当然也作为文学史教育中的基本常识被传授至今。这种说法还包含了一份不会引发太多争议的名单，显然也是当下的文学史教育、文学批评和文学研究的重点关注对象：“二十年前，自从马原那种装配式的方法论小说引发了一场小说叙事革命，莫言的小说在另外的向度拓展了现实主义无边的可能性，残雪、余华、格非、

[1] 黄石：《被缩小的小说——先锋小说家2005年作品新编序》，《今天》2005年第70期（秋季号）。

苏童、北村、孙甘露，以及他们之前的韩少功、阿城和稍后的韩东、朱文等（包括不局限在这个范围更多独特的小说家）给汉语小说带来了脱胎换骨的变化，并成为那个时代最具活力的文学标志与批评话题……九十年代以降……并逐渐与八十年代一起成为一个记忆。”[1]

在谈到这些人在近年的创作时，《今天》认为：

> 昔日的先锋小说家虽然已经不属一个群体文学范式（其中确实有些作家已经脱离小说），但他们多元的、不落俗套的作品对这个媚俗、趋炎附势的时代文化仍然是个独立的存在并具有醒世作用。就像他们曾经是八十年代的先锋但并不局限于八十年代，他们各自在不同的维度拓宽并丰满着自身。在知识极端化与信息平均化的年代，也许他们的小说目前作为传播媒介在公众中的边界在不断缩小，并且缺乏畅销文学那种急功近利的煽情，但是他们在处理时世与文学传统之间的能力已经超越了他们自身成长的年代而不是萎缩。八十年代先锋的枯竭并不意味着那个年代小说家的枯竭，相反，他们近期的作品表明了他们在重新选择一种新的策略随时进入文学真正的历史大厦。[2]

把昔日先锋的今日表现依然视为新的典范，如果不是因为真诚但多少有些偏执的阅读偏好，那便是因为陷于与纯文学想象有关的深深怀旧情绪中而不愿抬头客观地审视当下的历史情境。

2013 年给了我们一个具体讨论这些话题的契机[3]。近两年出现

[1][2] 黄石：《被缩小的小说——先锋小说家2005年作品新编序》，《今天》2005年第70期（秋季号）。

[3] 说明：1.《繁花》是2013年最引人注目的长篇小说。由于和本文讨论的话题无关，故略去。2. 由于版面原因，本文删去关于《黄雀记》和《一号命令》的论述。

了一个1980年代的先锋作家们集中发表长篇小说的高潮，这一点在2013年表现得尤其明显。2010年和2012年，先锋作家中最不善于与国内评论界打交道的残雪女士先后发表了《吕芳诗小姐》[1]《新世纪爱情故事》[2]；2011年，格非完成了“江南三部曲”的最后一部《春尽江南》[3]。2012年，停笔多年的马原发表《牛鬼蛇神》[4]，于是文学界在“大师归来”的惊艳或假装惊艳中着实热闹了一阵。到了2013年，这种趋势因为《收获》而变得较为明显，正如多年前这本杂志让先锋小说从零星的实验变为令人瞩目的创作潮流一样，从2012年第5期到2013年第3期，先后发表了叶兆言的《一号命令》[5]、贾平凹的《带灯》[6]（2012年第5期、2014年第1期两期连载）、韩少功的《日夜书》[7]、苏童的《黄雀记》[8]等长篇小说。而另外一个与《收获》有着密切的关系的作家余华也出版了《第七天》[9]，距离其上一部长篇小说《兄弟》的发表已有七年之久。

一

成名于1980年代并持续引发关注的先锋作家们在当下的创作到底如何？我准备从贾平凹谈起。虽然把贾平凹与“先锋”联系起来显得有违常识，然而在我看来，1980年代引发争议的作品中，

[1] 残雪：《吕芳诗小姐》，《芙蓉》2010年第5期。单行本由上海文艺出版社于2011年出版。

[2] 残雪：《新世纪爱情故事》，《花城》2012年第6期。单行本由作家出版社于2013年出版。

[3] 格非：《春尽江南》，上海文艺出版社2011年版。

[4] 马原：《牛鬼蛇神》，《收获》2012年第2、3期。单行本由上海文艺出版社于当年出版。

[5] 原文发表于《收获》2012年第5期，单行本由江苏文艺出版社于2013年出版。

[6] 原文连载于《收获》2012年第6期和2013年第1期，单行本由人民文学出版社于2013年出版。

[7] 原文发表于《收获》2013年第2期，单行本由上海文艺出版社于2013年出版。

[8] 原文发表于《收获》2013年第3期，单行本先后由台湾麦田出版社和作家出版社于2013年出版。

[9] 余华：《第七天》，新星出版社2013年版。

除了在意识形态主导的“奉旨疗伤”“遵命改革”等写作潮流中涌现的那些作品，其他大部分都与形式、内容、审美等层面的“先锋性”有关。“先锋性”除了与争议性相关，在当时还被戏谑地称之为“创新的狗”。尽管“创新”这个词语在当时的语境下是从属于“四个现代化”的国家设计方案所表达的价值观范畴，但是这并不影响文学界将其作为创作、批评的价值判断标准，当然在实际的使用过程中，它的含义也更为复杂、暧昧。《满月儿》《腊月，正月》等作品在“改革文学”“农村题材”范畴内获得了毫无疑问的政治正确性并得到了官方的嘉奖[1]，然而这只是 1980 年代的贾平凹的一个侧面。文学史研究和文学批评显然更为青睐他的那些能被纳入“寻根”小说范畴内去解释的“商州系列”。但是，相对于韩少功、阿城、郑万隆等人对地方性知识较为自觉、复杂的现代性认知，贾平凹对乡土、风俗、人物、故事的叙述更像是出于真诚、单纯的偏爱。值得注意的是，在《天狗》《黑氏》《寡妇》《美穴地》《远山野情》《五魁》等这些商州故事里，委琐、野蛮、残酷、乱伦这些因素也常常参与构造着我们对于商州的文化想象。所以，这些发生在闭塞村寨里的故事，在 1980 年代以后逐渐兴起的多元化、现代性的大众阅读氛围中以及与此相关的现代化想象中，更像可供猎奇、赏玩的另类经验，这一点类似于通俗读物的功能。在我看来，贾平凹这种审美偏好难免会成为其作品的基本格调，并发展为对此类经验背后的精神资源、价值观的认同。因为细节的密度，这个问题往往会被长篇小说放大。贾平凹在其上一部长篇小说《古炉》的《后记》中谈道，他想描写的是乡村的“朴素和简单”的“柴米油盐和悲欢离合”[2]，而实际的阅读效果是：“在涉及偷情、作恶、粗口、打斗、民间偏方等情节时，贾平凹显得津津有味而不自知。我并非反对小说叙述中出现上述细节，或许这些本就是乡村生活的

[1] 《满月儿》发表于1978年第3期的《上海文艺》，后获1978年全国优秀短篇小说奖；《腊月，正月》发表于1984年第4期的《十月》，后获1983−1984全国优秀中篇小说奖。

[2] 贾平凹：《古炉》，人民文学出版社2011年版。

部分真实。我反感的是，贾平凹处理类似的情节时表现出了无法节制的亢奋。”[1] 简而言之，决定作家作品基本格调、品味的不是作品呈现的经验的内容，而是作者处理内容时的态度。这态度背后往往是作者对某些价值观和精神资源的认同。善人无疑是贾平凹在《古炉》中最为青睐的人物：“善人认为身体疾患源自心病，所以大部分患者都是通过与善人聊天而被治愈的。这就是‘说病’。这个善人以‘说病’方式谈论着世界上的一切，包括国家运行、权力斗争、人性善恶、世俗伦常。他依凭的资源则是三纲五常、五行交替、生死轮回、祸福报应、天象变化。这个神神叨叨的善人远离古炉村人的集聚地却又经常出现在古炉村人的日常生活中，从而使整个小说显得鬼气森森。”[2] 所以，我坚持认为：“贾平凹或许想以宗教来拯救颓败的乡村，所以他将善人视为修补、维持古炉村伦常秩序的希望。但是如果贾平凹心目中哲学与宗教只是关于儒释道三家世俗乃至恶俗解释的大杂烩，那么贾平凹对善人的描绘只能让我想到朱光潜在《文学上的低级趣味》中的一句话：‘他们的头脑和《太上感应篇》《阴骘劝世文》诸书作者的是一样有些道学冬烘气，都不免有些低级趣味在作祟’。贾平凹恰好喜欢一本类似的书，名字叫《王凤仪言行录》。”[3] 事实上，在这部长篇小说中，他以历史反思的名义用“文革”武斗悄悄置换了乡村械斗，这种做法不仅掩盖了乡村的溃败源自自身资源的枯竭这一深层次原因，而且放大了其认同的价值观和精神资源在古炉村毁灭这一事实面前的无力和虚妄。贾平凹津津乐道于《王凤仪言行录》之于中国乡村伦常秩序的重建的可能性，似乎与近几年“以德治国”等前现代思想经过投机、媚俗地解读而被部分舆论鼓吹为治国良方的行径是一脉相承的。因为《古炉》的英文名是“CHINA”，这使得他关于乡村的历史叙述和精神救赎的尝试，不得不让人联想到是对中国历史

[1][2][3] 方岩：《〈古炉〉：“珍品”还是“赝品”》，《文学报·新批评》2011年第1期。

与现实的隐喻。

继《古炉》之后，贾平凹在谈及他的最新长篇小说《带灯》时说："我这一生可能大部分作品都是要给农村写的，想想，或许这是我的命，土命，或许是农村选择了我，似乎听到了一种声音：那么大的地和地里长满了荒草，让贾家的儿子去耕犁吧。"[1]这是贾平凹自诩的使命感。所以，《带灯》叙述的依然是中国的乡村，只不过这次贾平凹关心的是当下中国农村基层的政治生态。小说的主人公"带灯"，原名为萤，后来自己改了名字："萤火虫还在飞，忽高忽低，青白色的光一点一点在草丛中、树枝中明灭不已。突然想：啊，它这是夜行自带了一盏小灯吗？于是，第二天，他就宣布将萤改为带灯。"[2]。她是地处中国西北某地的樱镇镇政府综合治理办公室的主任，在乡镇的行政机构中，这个角色几乎能触及所有的基层行政事务。乡镇的政治生态并非只是狭隘的官场，居于中国社会结构最底层的民众和居于中国权力结构底部的乡镇干部，这两个群体的生存状态复杂地纠缠在一起。这里既有两个群体各自的内部的日常生活、人事纠葛、权益纠纷，也有两个群体之间在前述几个方面的冲突、沟通与妥协，更有乡镇干部在中国特色的权力结构内部的种种情态，毕竟他们自己也是除了中国农民而外其他各级权力机关的权力提取对象。贾平凹让带灯引领我们穿行于这些经验中，因此可以说，带灯的经历构成了整合樱镇复杂、日常、琐碎的政治生态的主导线索，成为我们解读文本的"萤火虫"。如果我们坚持小说阅读中的一个古老的原则，即小说是与人生经验相关的叙述形式，而处理经验的方式决定了作品的基调[3]，那么带灯居于其中的困惑与思索，便成为穿透文本，折射作品基本格调、境界的

[1] 贾平凹：《〈带灯〉后记》，《收获》2013年第1期。

[2] 参见《带灯》原文。

[3] 参见[美]克林斯·布鲁克斯、罗伯特·潘·沃伦：《小说鉴赏》，世界图书出版公司2012年版。

“明灭不已”的“青白色的光”。[1]

我并不怀疑贾平凹在呈现这些经验时的真诚，然而他处理这些经验的方式还是让我隐隐不安。带灯的感悟、思索贯穿文本始终，主要的表现形式是短信，短信的接受方是元天亮。元天亮是樱镇的第一个大学生，“考学的那年，河滩里飞来了天鹅，夜夜声唳九天”[2]，如今贵为省委副秘书长。所以，不管是在现实生活中还是在文本情境中，元天亮的身份之于如樱镇这样的中国乡村，都使得他极有可能被叙述成一个高高在上、遥远而又神秘的权力符号、象征。当带灯怀着无限的崇拜和景仰对元天亮一遍遍地说着类似于“你是我在城里的神，我是你在山里的庙”[3]这样的话时，古老、陈旧的权力关系图景便成为文本的底色。具体而言，带灯动辄两三千字的短信内容大体包括对元天亮个人才华和魅力的仰慕、人生的感悟、工作中遇到的困难和思考等内容。然而在文学女青年式的乡镇干部与学者型的省委高干之间的一厢情愿地、单向地交流模式中，这些内容一经贾平凹式的美文抒情方式的处理，便不由自主地滑向对权力、知识、性别等不平等关系的认同和赞美中。正如带灯在给元天亮的最后一条短信里抒发的那样：“是的，你是学者你是领导，而谁又说过圣贤庸行的话，所以我总觉得我和你在厮跟着，成了你的秘书、书童，或是你窗台上养着的一盆花草，或是卧在门前桌后的小狗小猫……我是你的肋骨，我去晒太阳多了你也不缺钙了……我看见你坐在金字塔顶，你更加闪亮，你几时能回樱镇呢？”[4]这正好对应了带灯的第一条短信：“但你是有出息的男人，有灵性的男人，是我的爱戴我的梦想。我是那么渺小甚至不如小猫小狗可以碰到你的脚。我是怕你的，也恨我自己。当知道你要离开镇街走时，我也像更多人一样忧伤。”[5]

所以说，带灯终究没能照亮中国乡村摆脱目前政治生态困境的可能性，反倒是让人觉得她把希望寄托于乡土、血缘、宗族势力

---

[1][2][3][4][5]　参见《带灯》原文。

在权力结构高层的运作。我无意把带灯的所思所想与贾平凹的精神境界等同起来，然而带灯的形象确实源于贾平凹在现实生活中遇到的一位颇具文学才华的乡镇女干部。这个干部也如带灯那样常给贾平凹发去长长的短信，诉说着关于乡村的一切[1]。于是在文本中，贾平凹一边用贾氏美文为带灯代言，诉说着乡村的经验及其感怀，一边又设置了元天亮这个出生于乡野而今高高在上却又能耐心聆听民间疾苦的学者型官员形象，从而占据了道德的制高点。我并没有暗示贾平凹把自己转化成了元天亮这样的文学形象，但是从现实到虚构，贾平凹确实试图在文本内完成一次关于乡村经验的自问自答的写作策略。只是当元天亮在文本中沉默不语时，贾平凹自身资源的局促也就流露出来。因为，贾平凹连同他创造的元天亮都无法有效地应对带灯的困惑，姿态高尚却无能为力。所以他只能任由带灯在乡村诗意的空洞抒情中一泻千里。那么，唯一的后果便是，文本实际呈现的价值形态、阅读体验终于和贾平凹的美好初衷分道扬镳、阴阳相隔，隔在两者之间的是散落于文本间无法整合的乡村经验的碎片。

二

批评界对像贾平凹这样的成名于 1980 年代的作家晚近作品的反应已经成为批评界自身的症候，所以我才会在贾平凹的问题上喋喋不休。1980 年代中期开始，先锋作家与新潮批评家在意识形态层面达成了一种共谋关系，吴亮也曾在《当代小说和圈子批评家》[2]一文中，希望这种共谋能够形成创作与阐释的良性互动。尽管这种共谋多少掩盖了不得已而为之的犬儒心态，但是这并不影响他们在当时的历史情境中所呈现的历史进步性。1990 年代以来，一方面是类似于“纯文学”“严肃文学”这样的意识形态已经逐渐僵化并

[1] 参见《〈带灯〉后记》，《收获》2013年第1期。

[2] 参见吴亮：《当代小说和圈子批评家》，《小说评论》1986年第1期。

丧失现实指涉能力，一方面却是吴亮所希望的“圈子批评”走向历史的反动。1990 年代初的“人文精神大讨论”固然是对历史语境更迭的客观描述，然而这失落的哀叹中却也包含着他们欲重返或接近权力中心的渴望。如今回头看来，“人文精神”失落的过程，正是昔日先锋作家和新潮批评家逐步垄断文学场域话语权的过程。这个过程也是他们一边谈论“纯文学”“退回书斋”“思想家淡出，学问家凸显”等话题，一边却在暗地里向权力、资本这些新的拜物教投怀送抱的过程。直言之，先锋作家与新潮批评家（包括 1990 年代初从新潮批评家中分化出来的部分学院批评家和后来成为各类文学组织机构领导的官僚批评家）结成的利益共同体，决定了当下文学场域的话语 / 制度的基本特征。具体到文学批评上，则呈现出等级分明的金字塔式的价值判断格局。居于塔尖的自然是 1980 年代中后期轰动一时的先锋作家，这批作家大多出生于 1960 年前后；退而求其次的，是在新写实之后的各种文学潮流中涌现的“60 后”或晚生代作家；再往后的是在庙堂、体制、市场之中皆不逢源的“70 后”作家，面对这种尴尬的局面，他们曾自我命名为“中生代”；处于底座则是被学院精英、体制、庙堂等话语权威屡屡围攻未遂转而试图收编的“80 后”作家，还包括已在文坛崭露头角的“90 后”作家。抛却天赋问题，写作固然是一种需要长期磨练的技艺，然而把作家代际与价值判断高低整体挂钩，实际上是携某个代际作家的历史权威去刻意放大他们在当下的现实意义，从而压抑了当下文坛的多样性、复杂性。评价体系的等级化描绘了一幅当代文学自 1980 年代中后期以来不断衰退的图景，实际上却是文学场域中的既得利益集团为了继续垄断话语权而对历史进行的虚假建构。所以也就不难理解，何以韩少功、余华等这个代际的作家，包括前面提到的贾平凹，每有新作面世时总是收获赞扬声一片，他们的名字也会毫无意外地出现在当年或来年官方、民间各种大大小小的文学评奖的获奖名单上或推荐书目中。问题是这些作品实际水准总是令人失望。

长篇累牍的“思想”淹没了“故事”，这是我读完《日夜书》后最直接的感受。如果试图把“故事”的碎片整合成一个完整的“叙述”，以寻找它与文中大段大段的“思想”之间的对应关系时，便会发现“思想”与“故事”从一开始便分道扬镳、无法贴合。《革命后记》[1]的出版或许能够解释韩少功何以如此。《日夜书》描述了一群有知青经历的人在当下的生活，是以“虚构”为名的长篇小说；《革命后记》则是关于“文革”的思考和评价，是“非虚构”的长篇思想札记。对两个不同类型的文本进行互文性阅读，便不难发现，韩少功更在意如何呈现自己多年来的思考，如何直率地表达自己的观点。当“虚构”与“思想”在小说文本中相遇时，韩少功便毫不犹豫地牺牲了前者。于是，《日夜书》也就成了安放《革命后记》思想余绪的容器。皮埃尔·马舍雷在提到文学中的思想性表达时，曾强调：“这种文学哲学就是文学所产生的思想，而不是思想在自觉不自觉地产生文学。”[2]因而，《日夜书》是一次失败的以“虚构”为名的思想操练。借用米兰·昆德拉评价乔治·奥威尔的《1984》的话来说：“它只是乔装为小说的政治思想；清晰而正确的思想，但它被它的小说伪装弄得变了形，是它的小说伪装使它变得不准确、不确切。”[3]而韩少功恰好是米兰·昆德拉的长篇小说的最早的翻译者。多年以后，当我们重新梳理韩少功的文学/思想轨迹时，《日夜书》注定是一部可有可无的文本。

据说余华、苏童等人与莫言一样，都是最接近诺贝尔文学奖的中国作家。莫言获奖以后，当代文学界据此认为当代文学正产生越来越大的国际影响[4]。由此引发的一个问题是：莫言获奖后，已经走向世界的中国作家现在在为谁写作？余华的《第七天》或许能解答这个问题。翻开《第七天》，暴力拆迁、商场大火、刑讯逼供、

[1] 韩少功：《革命后记》，《钟山》2014年第2期。

[2] [法]皮埃尔·马舍雷：《文学在思考什么》，译林出版社2011年版，第299页。

[3] [法]米兰·昆德拉：《被背叛的遗嘱》，译文出版社2011年版，第234页。

[4] 《中国当代文学走入世界》，《人民日报》2012年10月13日。

杀警、医院黑幕、群体维权等事件扑面而来，当下中国的现实如此密集地涌进文本，余华从未如此贴近当下中国的现实。问题的另一面在于：这些社会或个人悲剧皆为体制性、结构性社会矛盾爆发的结果，在某种程度上代表了"中国经验"的真正面相。这些经验就缠绕在我们每天的日常中。面对此类经验，我们早就习惯在短暂的震惊后陷入无能为力，进而麻木不仁，周而复始。即便余华以熟练的技巧、流畅的语言重述了这些经验，《第七天》里的故事亦不过如此，因为它既未加深我们的体验，也未向我们提供审视这些经验的其他可能性。于中国读者而言，这部小说更像是近几年的社会热点、焦点事件的新闻综述或新闻集锦。与此同时，"亡灵"叙述视角的选择亦引发一些值得商榷的问题。小说中的"亡灵"聚集之地叫"死无葬身之地"，每个"亡灵"都背负着生前的悲剧来到这里。他们在相互诉说着人间惨剧的同时，发现这里居然是一片乐土，欢乐祥和，所有在人间缺失的社会正义、伦理道德、秩序都在这里实现了。于是，现世的乱相与"死无葬身之地"桃花源般的景象这两种场景在文本中产生了对峙，生存的磨难以死亡为中介在彼岸获得了意义升华。我理解余华对现世绝望的同时，亦在猜测余华是否在暗示：死亡消弭一切，"人人死而平等"[1]，现世的价值、权利的受损与被剥夺将因死亡而获得意义补偿，相应的是，生前的期冀、反抗都将变得可有可无或者说毫无意义？如果是这样的话，这该是一个多么犬儒而又"政治正确"的价值观啊。尽管"亡灵"叙述在当代文学中早已不是什么新颖的小说技法，但是这种叙述视角依然能够给作者带来更加从容的叙述节奏和更为宽阔的叙事空间，至少它能让我们得以从外部观察中国的现世。除却前面提到的两种景观的对照和意义置换，它还能具体到《第七天》的海外传播这个问题。对于余华这样的有多种外文译本且已经多次获得国外文学奖项的中国作家来说，这应该不是一个过分的猜想：如此一来，在欧美的文

[1] 余华：《第七天》，新星出版社2013年版，第225页。

化语境，《第七天》将是一个鲜活、刺激、好看的“中国故事”，一个带有点西方宗教诉求意味[1]的东方故事。然后，然后就什么都没有了……我们能指望这个故事在它的外部激起反思的一丝涟漪吗？

三

行文至此，我需要再次强调的是，作为曾经被这些作家作品滋养、激励的文学后辈，我并无否定、消解他们之于文学史和当下意义的企图。我只是在试图通过对他们近作的阅读，来讨论当下文坛的某些症候。昔日的先锋作家们闪光的历史时刻与当下作品实际水准的巨大反差，使我不得不考虑一个问题：1980年代作家们的历史遗产与近年来的作品之于更年轻的作家们意味着什么？阎连科在与“80后”作家、评论家的对谈中提道：“我确实觉得‘80后’‘90后’的孩子基本不读我们这一代人的书……我认为文学确实在延续过程中的某个时候发生了变化，延续的不是你的，也不是上一代的，比如鲁迅的，文学的河流在某一个地方突然拐弯了。”[2]但是阎连科所关心的写作、阅读的影响与传承，在“80后”作家、评论家的眼中并不是一个值得焦虑的问题。很显然，两代人对周遭世界的感知、对待历史和未来的态度以及相关的阅读视野和写作兴趣，有着显而易见的差别。其中，正如我在前面通过文本分析不断提及的是，文学前辈处理经验的方式、态度是否具有说服力、感染力是一个非常重要的因素。阎连科在2013年亦发表了长篇小说新作《炸裂志》[3]，我可借此机会继续讨论这个话题。

[1] 《第七天》中的这个仪式充满了西方宗教的意味，它更像是对基督教临终关怀或送葬仪式的描摹。参见《第七天》第197—200页。

[2] 《文学的河流，拐弯了——阎连科与三位80后青年的讨论会》，《北京青年报》2014年1月10日。

[3] 阎连科：《炸裂志》，上海文艺出版社2013年版。另见2013年《收获.长篇小说（秋冬卷）》。

谈起1980年代作家，像阎连科这样的作家往往不会被提及。这批作家与莫言、苏童、余华等人踏进文坛的时间相差无几，只不过到了1990年代中期以后才为大家熟知。阎连科之于1990年代以后的文学史的意义在于，1990年代以后被大部分中国作家逐渐放弃的文化/政治诉求，在阎连科的写作中得以保留并坚韧地生长。如今看来，1980年代作家所谓的“文学自由”的显在要求是，文学有不谈论政治、不被政治牵制的自由。事实上，它还隐含了另外一个基本诉求，即作家有通过写作去表达政治关怀和文化反抗的自由。只不过在1990年代以后，过于聪明的中国作家和批评家们，大部分时候津津乐道的是前者，而对后者进行了选择性的遗忘。所以阎连科的意义正在于此，借用萨特对加缪的评价就是：“他顶着历史的潮流，作为醒世作家的古老家族在当今的继承者，出现在我们这个世纪，须知正是这些醒世作家的作品构成了也许是法国文学中最富有独特性的部分。他以他那执拗狭隘而又纯粹、严峻而又放荡的人道主义，同当代大量的丑行劣迹进行一场没有把握的战斗。”多年来，阎连科直面被当下中国主流社会遗忘的乡土中国的创伤，他的作品充满苦难、黑暗、伤痛、绝望。他的写作代表了中国作家的良知、焦虑与反抗。《炸裂志》延续了这种风格与诉求，小说描述了一个贫穷闭塞的乡村“炸裂村”在改革开放以后，如何在短短数年间迅速从村依次升格为镇、县、市、超级大都市的历程。阎连科以他一贯的夸张、荒诞的神实主义手法隐喻了改革开放以来的中国的历史与现实。然而当这种风格与诉求走向极端，突破边界，问题也就暴露出来。《炸裂志》以“虚构”为名的“志书”式叙述彰显着阎连科非常明显的意图，即把所谓跨越式发展的“中国速度”背后的社会代价和种种不堪史实化，或者说把1980年代以来的“大国崛起”的中国形象的另一面作为历史批判的标靶。于是，整部小说的情节设置和细节处理都在不折不扣地围绕着这个鲜明的意图展开，甚至找不到一处闲笔或离题，以至于整部小说从意图到叙述再到阅读体验，都让我想起“十七年”时期那些主题先行的小说。直言之，阎连科用《炸裂志》完成了一次观点表达和情绪宣泄，而这情绪和观点早已被意图所决定。我无意反驳《炸裂志》中的意图、观念和情绪，但是我们谈论的毕竟是“小说的虚构”的边界。此外，《炸裂志》或许还是关于未来的寓言。在《炸裂志》的结尾，一支私人军队终于摧毁了炸裂市，阎连科在“虚构”中完成了一次以暴制暴的无政府主义实践。我能理解阎连科对现实的极端绝望和愤怒，却难以赞同阎连科面对此类经验的态度。要知道，在中国的志书/史书中，最不缺少的便是“毁灭”与“重建”交替循环的历史景观。

阎连科这代作家对造成社会巨大变动的历史苦难有着切身的体会，然而在他们成长的年代里，社会动荡的同时往往伴随着新的可能性。“80后”是连出生都得依靠“计划”的一代，在成长的过程中又不时地成为各种以改革为名的政策调整中的实验小白鼠，在一个诸多显性或隐性的压迫都已经制度化的年代里，所有的宏大诉求都难免被切割为制度缝隙中的零碎的、个体的挣扎。这就基本决定了两个代际的作家在面对类似的经验时会有不同的态度。所以，在前述的谈话中，蒋方舟会说：“在阎老师这代小说家的笔下好像很少看到对于商业社会或者是工业社会的赞美，现在的年轻人可能天生离自然比较远，所以希望看到对于商业社会的描摹——不一定是赞美，但至少不是对立的关系。这可能也是我们这一代作者的失职和无能吧，虽然对商业的、工业的东西感到亲切，但是却没有写出这样的作品。”[1] 所以，当我们谈起文学河流的拐弯时应该想到，拐弯之后可能是干涸，也可能是新的风景。如果1980年代以来当代文学史还小有成就的话，那么这些成就不就出现在文学河流转弯之后吗？

“80后”作家甫跃辉是复旦大学文学写作专业的首位硕士生，

[1] 《文学的河流，拐弯了——阎连科与三位80后青年的讨论会》，《北京青年报》2014年1月10日。

于 2013 年出版了他的首部长篇小说《刻舟记》[1]，他的导师正是在 1980 年代声名鹊起的著名作家王安忆。“写作”与“教学”这对老生常谈的问题被《刻舟记》再次提了出来。如辛波斯卡所言：“这毕竟意味着诗歌不是一个需要专业研究、定期考试、附有书目和批注的理论性文章，以及在正式场合授予文凭的专业。”[2]《刻舟记》所涉及的问题远比心高气傲的大师们的刻薄说辞要复杂得多。《刻舟记》没有贯穿始终的主要故事，只是关于少年时光种种事情的追忆和缅怀，是时间 / 记忆碎片的重组和叙述。这种形式让我想起余华的首部长篇小说《呼喊与细雨》[3]。在《呼喊与细雨》中，余华是最后一次大规模地在文本中操练先锋技巧。如今回头看来，这个文本之于当时的政治 / 文化语境，就是一次先锋的告别，告别的是一个文学时代及其相互依存的时代精神。《刻舟记》的暧昧之处在于，它像是二十多年后对几近消散先锋精神余绪的一种回应和致敬：余华的残酷和冷血、格非的智性和神秘、苏童的细腻和潮湿，这些风格及其相关的主题、技巧都在文本中明灭交错。因此，不管是否与“教育”相关，1980 年代作家的精神资源在一定程度上于“80 后”作家的写作中得到了传承。但是，某些写作资源、精神的延续与传承，并不是评价新作品的唯一标准，那只是文学史叙述的一种观察视角。毕竟文学生态的良性发展在很大程度上还要依赖于“意外”带来的新奇和愉悦。况且，不同代际的作家所身处的情境、所面临的问题已经大不相同。“舟已行矣，而剑不行，求剑若此，不亦惑乎？”（《吕氏春秋・察今》），“刻舟求剑”的寓意不正在于此吗？因此，《刻舟记》亦包含了一种告别，它是“80 后”作家踏入新的人生历程（创作历程）前的一次回眸，从此携带往昔岁月的碎片（前辈作家影响的焦虑）铭刻在身上的印迹穿梭于并不美丽的新世界。

[1] 甫跃辉：《刻舟记》，上海文汇出版社2013年版。

[2] [波]辛波斯卡：《万物静默如谜》，湖南文艺出版社2013年版，第11页。

[3] 余华：《呼喊与细雨》，《收获》1991年第6期。

“青春期写作”和一些类似的说法是评论“80后”作家时比较常见的，这个说法在其貌似公允的外表下隐含了诸多压迫和贬低的含义：首先，从身份上来讲，它表面是指年青的作家们，实际上在以传统的标准来衡量他们是否具备写作的资格，或者说是否能够获得文坛的准入资格；其次，从写作内容上来讲，它指的是特定的人生阶段的故事，然而在一个话语权由别人掌控的世界里，他们无法决定自己的故事是否值得关注、是否有意义；再次，写作身份和写作内容则直接关系到作品的价值判断方面，因此也就不难理解何以很多以关注青年作家创作为名的批评最终都导向了以权威面目出现的“规训”。事实上，20世纪的中国文学之所以还留下一些值得我们怀念的资源，在很大程度上就是因为不断有青年作家通过书写自身代际的故事以参与这个世界的建构。仅以余华为例，多年之后谁会否定像《十八岁出门远行》这样的青春写作之于整个代际的先锋作家和一个文学时代的意义呢？况且“80后”作家正在逐渐向我们展示他们描述这个世界的能力。颜歌的《我们家》[1]便是如此。它显示了颜歌把握日常生活的游刃有余的叙述功底。庸常生活中柴米油盐、人情世故、生老病死在颜歌对四川方言的运用中显得烟火味十足。在语言与世俗之间，颜歌正在不断调整自己的位置，有包容，有反抗，“她将过于沉重的生活，一再简化、糅杂，并且消化成净洁的叙事，制造了不小的悬念，让读者一再进入她叙事的漩涡中，找到和自己生命经验相关的点点滴滴”[2]。在她的同辈作家张怡微看来，这是属于“颜歌私人的优雅”[3]。然而在我看来，这经验也是公共的，它标志着“80后”作家告别青春期的爱与哀愁，开始审视成人世界的“一地鸡毛”。

诗性和隐喻大概是“80后”作家描述世界的另一种方式。七

[1] 颜歌：《我们家》，浙江文艺出版社2013年版。原题为《段逸兴的一家》，《收获》，2012年第5期。

[2][3] 张怡微：《私情与哀愁》，《长篇小说选刊》2013年第5期。

堇年的《平生欢》[1] 开篇第一句话便是："这些年，有些事情像只插销，死死别在心门上。锈了之后，里面打不开，外面的进不去。"[2] 这种充满张力的表达在整部小说中随处可见。在当代中国作家中很少有作家能像七堇年这般把精致、流畅而又自然、老道的语言隐喻风格贯穿文本始终，于是整个文本看上去"星光灿烂，诗意盎然"[3]。若不是一些细节的提醒，我们很难主动去思考年龄、阅历之于叙述的影响这样的问题。在《平生欢》中，七堇年从容地穿梭于过去（青春记忆）和现在（成人世界）之间，时间的碎片在她张弛有致的叙述张力中妥帖地拼贴在一起。人生的不确定性、宿命的或隐或现、生命的张狂与沉淀在七堇年克制、内敛的语言中纠缠在一起，或许这便是人生的本相："时代，看似绵长，优柔寡断，而一旦它背弃起你来，轻易得就像一个陌生人转了个身——快得让人花一辈子都回不了神来。"[4] 这样的叙事氛围让读者沉迷，却无法置身事外，将其类型化。所以，会有评论者如此评价："它朦胧而真实，含混而坚定。它的缺乏规定性，与其说是缺点，不如说是蕴含了更多的丰润和弹性，不离不弃，真气淋漓。"[5]

《流放七月》[6] 显示了更年轻的作家叩问历史的雄心，作者冬筱是一位"90 后"作家，是七月派诗人的后代。《流放七月》的故事并不复杂：两对年轻男女在交往的过程中逐渐还原了长辈们之间故事，即七月派诗人的历史。虽说历史的伤痛在冬筱的青春感怀中变得有些单薄和变形，但是我们却看到新一代作家追问历史的真诚和执着。当大写的历史出现在青春写作中的时候，历史的延续性在"虚构"中便呈现了别样的景观。毕竟在"虚构"的边界内想象

[1][2] 七堇年：《平生欢》，《收获·长篇专号》，2013年号秋冬卷。单行本于2013年由浙江文艺出版社出版。

[3] 严锋：《重组碎片：读〈平生欢〉》，《收获·长篇专号》，2013年号秋冬卷。

[4] 七堇年：《平生欢》，《收获·长篇专号》，2013年号秋冬卷。单行本于2013年由浙江文艺出版社出版。

[5] 严锋：《重组碎片：读〈平生欢〉》，《收获·长篇专号》，2013年号秋冬卷。

[6] 冬筱：《流放七月》，长江文艺出版社2013年版。

历史与重述历史事实是两个层面的事情。

莫言曾撰文声称要“捍卫长篇小说的尊严”，他说：“长篇小说不能为了迎合这个煽情的时代而牺牲自己应有的尊严。”[1] 然而他的同辈作家们并没有用晚近的作品来证明这一点，反而显示出当下文坛的某些症候。后来，马原这个 1980 年代先锋作家的领军人物又大吼了一声“文学当真的死了”[2]，就像十多年前他“金盆洗手”时扔下了一句“小说死了”。这话前面还有一句：“各领风骚好几年，我们的时代已经过去了。”为什么是马原的时代过去了，文学就死了呢？当部分“80 后”作家（包括个别“90 后”）通过长篇小说创作在审美、世界、历史等层面为我们提供越来越多的惊喜、愉悦及其他可能性时，马原判断中的傲慢、专横之处便暴露出来。这让我想起韩少功的《日夜书》中的一个情节，小说中一个“80 后”飞身跃下山崖前，抛给长辈一句话：“你要我说人话？你和我那个爹都是，都是这个世界上最大的骗子，几十年来，你们可曾说过什么人话？又是自由，又是道德，又是科学和艺术，多好听呵。你们这些家伙先下手为强，抢占了所有的位置，永远是高高在上，就像站在昆仑山上呼风唤雨，就像站在喜马拉雅山上玩杂耍，还一次次满脸笑容来关心下一代，让我们在你们的阴影里自惭形秽，没有活下去的理由。”[3] 我想这句话也可以用来形容固步自封而又惧怕、排斥新生力量的当代文坛。

（原载于《文艺争鸣》2015 年第 8 期）

[1] 莫言：《捍卫长篇小说的尊严》，《长篇小说选刊》2014年第1期。

[2] 《马原：韩寒郭敬明的出现昭示了“文学已死”》，http://cul.qq.com/a/20140829/011792.htm?tu_biz=v1，2014年8月29日。

[3] 韩少功：《日夜书》，《收获》2013年第2期。

当前长篇小说的现状与可能
——从一场小说家的对话谈起

一

每年的年底，有关长篇小说的各种榜单纷纷出炉，上榜的作品未必值得谈论，落榜的作品也乏善可陈。年复一年的数量繁荣，依然难掩心不在焉的写作和敷衍了事的批评。同往年一样，2015 年的长篇小说依然是在声嘶力竭的叫好声中乱象丛生。因此，在我看来，与其全景式地泛泛而谈，倒不如细读部分文本，提出与长篇小说相关的若干具体问题，由此，我们方能细致辨析这个文体的病象和症结，或许还能找到保持这个文体尊严的某些要素或新质。

二

关于 2015 年的长篇小说，我准备从路内与周嘉宁的一场对话谈起。这一年，他们分别出版了长篇小说新作。这两位优秀的作家相对疏离于当下文坛的喧嚣与浮躁，因此，他们的对话也少了一些逢场作戏的陈词滥调，多了一些与文学观念、技艺相关的真问题的谈论。在这次对话中，路内说："我其实非常羡慕你写小说的这样一个状态。我曾经用过一个词来讲一个作家的自我照亮、通过自我反射世界，这个词叫心解，即用心去解释。"[1] 路内谈论的虽然是

[1] 周嘉宁、路内、黄德海：《世界的一半始终牢牢掌握在那些僧侣型作家手中》，《澎湃》2015年11月23日，http://www.thepaper.cn/www/v3/jsp/newsDetail_forward_1400209

周嘉宁的长篇小说《密林中》[1]，然而在我看来，“心解”其实是重提个人经验的重要性，这事实上是对近年来长篇小说基本品格缺失的提醒：在这个价值观、审美趣味日益趋同的时代，如何重建个人经验与世界的关系，如何重申个人经验之于“虚构”（长篇小说）的合法性。《密林中》也正是在这些问题上凸显了自身的意义。

《密林中》是一部出色的作家精神自传。这部作品的卓越之处表现在两个方面。一方面，作者执着于个人经验的反复书写，但是这种反复并不表现为具体情境中的某种情绪的凝视和放大，或者说，并不表现为在具体情绪中的沉溺和封闭。作者不断“反复”的是关于文学观念、关于写作实践的思考和调整，以及这些言行与自身生活状态、精神历程相互影响的过程。因此，这些绵密、繁复的个人经验实际上始终保持了流动性、开放性和探索性，只不过是以一种朴拙甚至滞重的形式表现出来。以这种形式表现出的叙事进程倒是非常符合一个有追求的作家极其缓慢、艰难甚至可能倒退、停滞的成长过程。另一方面，虽说历史进程、社会文化构成等宏大因素确实不是作者的关注重点，然而我们依然能清晰地辨认出上述因素对其写作及其所要处理的经验形态的影响。如 QQ、MSN 等即时交流工具的聊天内容取代传统意义上的对话描写，论坛成为小说中人物交流、事件发生的主要场所等，触及的都是信息传播的方式、人际交流方式 / 伦理情感表达方式、认知世界的视角 / 价值观等方面的变化，在根本上则是关于具体历史情境的“总体特征”的感性认知。这在小说的物质层面表现为叙述语言、文体思维与社会文化构成的相互影响；在精神层面则表现为个人经验与历史进程中某个代际群体精神症候、生存图景的普遍性的关系。

著名学者张新颖看重的亦是《密林中》的上述特点：“（她）似乎一直深陷在她这一代人的经验里面，这一代人的经验当然首先是个人的经验，想象和虚构也是基于这样的经验。读她的文字，会

[1] 周嘉宁：《密林中》，广西师范大学出版社2015年版。

强烈地感受到文字和个人之间的关系。这种关系，才是写作发生、进行和持续的理由。”[1]可见，《密林中》的意义，不仅在于它如何出色地将个人经验视角中的世界图景铺陈在一部长篇小说中，即如评论家行超所总结的那样“‘个人’即是‘世界’”[2]；而且在于，它的存在将近年长篇小说创作中一个很严重的病相映照出来。如张新颖所指出的那样：“我之所以要提出这一点，是因为有大量的写作，我们看不到和写作者之间有什么关系，看不到写作的必要性和启动点。倒不是说作品里面要有‘我’，而是说，写作者和写作之间，不能不有或显或隐的连接，哪怕你写的是外星球。”[3]事实上，这样的病例很容易在2015年的长篇小说中找到。

具体而言，我们反复谈论《密林中》，无非出于以下几个原因。首先，侧重“个人经验”的书写并不必然保证作品的成功，然而“个人经验”却关乎文学的本质。所以，当我们认为《密林中》是近年来长篇小说佳作之一时，在广泛意义上指的是，这部小说捍卫了个人面对世界发言的权利，哪怕这声音是微弱的、私密的，甚至是排斥的。从微观层面，它重申的是主体在虚构疆域的霸权、中心位置，无论作者关心的是何种层面的问题，所有的经验都必须经由“主体”的重构。其次，这本是一个常识问题，并无多少玄奥和深刻的道理。只是因为近年来长篇小说的整体颓势，它又重新成为一个不得不谈的问题。如果说，当代文学史曾发生过大规模的个人经验的消失和主体的退场，在很大程度上是意识形态规训的结果。而新世纪以来长篇小说中“主体的消逝”，却是一个主动撤退的结果。

在余华的《第七天》之后，“小说新闻化”已经成为当下长篇小说的顽疾。在《第七天》引起争议之后的两年，东西的《篡改的

[1] 张新颖：《煅冶尚未成形的经验——〉〈密林中〉序》，《文艺争鸣》2015年第11期。

[2] 行超：《‘自我’即是‘世界’——周嘉宁小说论》，《西湖》2014年第11期。

[3] 张新颖：《煅冶尚未成形的经验——〈密林中〉序》，《文艺争鸣》2015年第11期。

命》[1] 在 2015 年的文坛上收获了诸多的赞誉。这是否意味着当代文坛已经默认小说确实需要社会新闻来拯救，而这并不会损毁小说这种文体的肌质，甚至会认为这是小说文体的新突破？

《篡改的命》共七章，每个章节都用了一个时下流行的词语作为标题，如“屌丝”“拼爹”等，这些词语清浅直白地宣示着每个章节的叙事内容与读者所熟知的社会现象的对应关系，以及作者的价值取向与大众关于这些社会现象的基本态度之间的同构关系。小说的内容也并不复杂：农民的后代汪长尺在高考录取时被官二代冒名顶替，命运从此被篡改。汪长尺的一生始终徘徊于社会的最底层，其间经历了迫于生计为富人子弟顶罪、工伤与“跳楼”式索赔、妻子卖淫等，最后他把孩子送给了一家有钱人，希望孩子的命运就此被“篡改”。无疑，这是一个控诉权力与资本掌控社会、阶层流动固化的故事。在创作动机、故事内容、情感取向、价值判断等方面，我们都无法挑剔其无比正确的政治正确性。只是就一部小说的阅读反应而言，我们只是心照不宣地看到一个又一个社会新闻如何巧合而戏剧性地叠加在同一个人身上。如果说，《第七天》里设置了一个“鬼魂”来收集、讲述各类社会不公的新闻，那么《篡改的命》无非是设置了一个人物来充当这些事件的受害人。这两部小说分别代表了当下“小说新闻化”的两种典型。

作家迫不及待地把新闻素材加以戏剧化处理，迅速进入公共领域，无非是试图证明在各种媒介 / 话语相互竞争、多元共生的时代里，文学作为一种重要的媒介 / 话语，依然保持了它充沛、积极的政治参与和社会关怀的品格。从这个角度来说，作家的道德追求和政治诉求确实无可厚非。但是这种描述却掩盖了一些问题的实质。首先，作家作为公民个体的社会政治参与，与以文学的形式参与历史进程和社会建构，两者之间存在关联却终归是两个层面的问题。作家若为凸显自身的政治 / 道德诉求，而把小说处理成类似于

[1] 东西：《篡改的命》，《花城》2015年第4期。

新闻的同质性话语，他动摇的是文学本身的合法性，从写作伦理的角度而言，这本身就是不道德的。不可否认，当下中国的经验复杂性远远超出我们日常经验范围，甚至很多匪夷所思的事件会倒逼作家反省自己的想象力。然而这都不足以构成模糊“现实”与“虚构”、“小说”与“新闻”之间基本界限的理由。抛开更为复杂的理论描述，如果把文学仅仅视为一种话语类型，当它与其他话语类型共同面对同一种事物时，它需要在其他话语类型相互竞争相互补充的关系中，提供另外的可能性。这可能是我们关于文学最基本的要求。比如，在反思极权的问题上，我们既需要以赛亚·柏林的思辨，也需要乔治·奥威尔的想象力。其次，“小说新闻化”的现象往往出自名家之手，而这些作品也会毫无悬念地在文学场域中获得赞誉。发生这种现象的症结并不复杂：这种现象的发生本身就是作家们控诉的权力和资本在文学场域运作的结果。具体而言，这些作家凭借早些年的优秀作品树立了自身在文坛的地位和声誉，文化象征资本的原始积累便得以完成。以小说的形式谈论社会热点，既能在公共领域树立作家高尚的道德形象，也是写作迅速被大众关注的便捷途径。于是，我们看到，一方面是粗糙的作品在文化象征资本的运作下熠熠生辉，一方面是作家沉寂数年后重返文坛中心使得文化象征资本又得到扩张。这是一个反复循环的过程，也是当下文坛的典型病相之一种。每年年底的各类文学排行榜包括各类大大小小的文学评奖是推广优秀作品的方式，还是作家文化象征资本影响力排行榜，这确实是个问题。

新闻之于小说的诱惑力像是一种病毒，它在 2015 年感染了更多的作家，甚至会产生新的病毒形态。刘庆邦的《黑白女人》[1] 便是一个例子。《黑白女人》讲述的是矿难家属如何重建生活的故事。这是一个极具挑战性的话题，因为它既涉及国家制度、政府职能运作，又涉及世态、人情。然而，刘庆邦最终把这个极具话题性

[1] 刘庆邦：《黑白女人》，《中国作家》2015年第4期。

的故事处理成了主流媒体报道“灾后重建”的长篇新闻通讯。整部小说像是关于受难者家属日常生活的流水账，这或许只事关作者描述经验时的才情和技巧，但是角色功能的设置却直接关乎作者的价值观。至少在《黑白女人》中，我们看到主流媒体处理灾情报道时的叙述框架及其背后的意识形态对其创作的影响。或许灾变之后的生活重建意味回归日常，但是这种日常毕竟是巨大灾变后的日常，所以，这日常的另一面或许就是危机四伏。这既是世态常情，也是叙事的可能性和不确定性，但是两个角色的出现彻底将这个故事拉回到主流新闻的腔调。这两个角色分别是工会主席和一位矿工的遗孀，后者还曾是一位教师。前者总是及时处理了受害者家属的现实困难，而后者则现身说法，经常帮助其他遗孀进行心理疏导。不难看出，这两个角色分别对应了新闻报道中“政府高度重视”和“热心群众/民间力量”，这些让“灾后重建”焕发出昂扬的乐观主义基调；具体到文本内部，这两个角色则可以消弭任何层次的情节冲突，从而让叙事牢牢地限定在政治安全的边界之内。由此引发的问题是，在长篇小说结构和角色设置与主流新闻报道模式高度相似的情况下，刘庆邦复述这个“家属情绪稳定”的故事意欲何为。

如果更年轻的作家传染上这种病毒，这是一件多少令人失望的事情。盛慧的《闯广东》[1]封面上写着一行字，“这不是一个人的奋斗故事，而是一代人的烈火青春，堪称当代版的《平凡的世界》”。这样的题目和推荐语都在表明，这部小说定位于讲述在时代大潮中个人奋斗终获成功的励志故事。我并不反对长篇小说故事类型的多样性。这行为本身是值得敬佩的，毕竟，在这样一个时代里，书写光明和理想确实是一个有难度的尝试。而事实证明，盛慧确实没有实现推荐语里所标榜的高度。或许我们已经习惯雷同的经历在不同的打工者身上发生，甚至是具体情境、故事情节、人物关系都那么相像。我们甚至可以忽略新闻素材对这些故事的干扰，去

[1] 盛慧：《闯广东》，花城出版社2015年版。

寻求更为值得讨论的现象。然而结果却是，个人奋斗的成功不是因为体制所提供的正常上升渠道，或者说并非来自制度的保障，而是来自上层社会的赏识和慧眼识珠，这个阶层恰恰又与造成打工者们苦难的制度是一种共谋关系。这样类型的励志故事难免令人不安地想起那些道德说教故事，个人努力总会获得神赐或贵人相助。这样的价值观所试图消除的是，现代社会中个体与制度复杂的互动关系，以及个体在现实语境中清醒的自由意志。简而言之，“个人奋斗”是一个现代性的故事，而非个人言行自我完善的道德故事。如果年轻的作者秉持如此陈旧的价值观去书写这个时代的挫败与光荣，我们很难想象理想主义在当下重新扎根的可能性。

在与“小说新闻化”有关的小说中，话题大多集中于阶层、权力、资本、制度等层面，它们是当下中国结构性、体制性矛盾最重要的表征。它们并非遥不可及的抽象概念，而是切切实实地构成了我们当下生存最基本的语境，渗透在日常生活的细节中，与我们的生存焦虑和不安全感、我们的言行、价值形态变化有着直接而又千丝万缕的联系。因而，这些庞然大物在小说中未必非要直接体现为官员、富豪等符号，它们对普通人的冲击也并不总是表现为泾渭分明的阶层对立，或赤裸裸的压迫和暴力。所以，对于无法避而不谈的问题，最重要的便是如何在“虚构”中更好地谈论它。王十月的《收脚印的人》[1]或许能给我们带来一些启发。

如小说题记写的那样“依然，此书献给被遮蔽的过往”，王十月想讨论的是盛世背后的原始积累，歌舞升平面纱下的历史真实，大到经济繁荣，小到个人成功的源头和历程。简单说来，这是一部追述 / 审判资本、权力原罪的小说。它在形式、内容、细节等方面的出色表现，让这个看似并不新鲜的话题重新散发出深刻的意义。

小说的叙述者是一位作家，他需要在一场司法鉴定中通过讲述自己的经历来证明自己并非是精神病患者，而这场司法鉴定的举办

[1] 王十月：《收脚印的人》，《红岩》2015年第4期。

目的却是为了证明他确实是患者。限制性的自叙视角和“悬疑”的叙事效果，便构成了小说叙事结构的第一个层次。

在具体的叙述过程中，作家同时又在不断强调自己是个“收脚印的人”。“收脚印”的说法来自作家故乡楚地的传说，据说将死之人会在死前的一段时间里，每到入睡之后，灵魂便飘荡至人生经历中的某些具体场景中去捡拾自己的脚印。于是，全知全能的叙事视角和荒诞魔幻的叙事效果，又构成了小说叙事结构的第二层次。

两个层次的结合，使得叙事者能够从容地在现实/虚构、过去/未来、全知/未知/限制中自由切换；如果同时考虑到这是一场自证清醒的自述，叙事者还能根据叙事需要随时插入其他类型的话语，如抒情、思辨、议论等，甚至可以毫无障碍地引入作家访谈、新闻材料、网络语言等。由此，一段可能冗长、平淡的自叙便显得具有开放性、可读性。

小说的主要内容以作家自叙自己从打工者到作家的成长经历为主。得益于叙述结构的开放性和自由度，在自述经历的同时，那些与他的经历有关的其他人物及其经历也从容不迫地进入叙述视野，这些人大多是自己当年的工友，有的已经消失（死亡、失踪、失联），有的依然如故，有的则完成身份转变（官员、商人）。于是，这个以个人经历为主的叙事，其纵深度和视野均得到极大的扩展。从时间上来说，个人经历与一个群体/阶层的分化联系在一起；从空间上来说，个人经历又与各个群体/阶层的生活产生交集。需要提醒的是，这份自述的人生经历中，某些重要的转折点，本身就是改革开放进程中某些重要政策调整的结果。由此，个人经验、群体经历、阶层分化都与具体的历史进程产生关联，这些经验在叙述形式的带动下在文本中形成了紧张的互动关系。因而，王十月所试图实现的写作诉求，最终都落实在复杂、具体的经验上。

最后，我想强调的是，个人自述中的身份转变这个问题。身份转变其实是世俗意义上的成功。这个过程其实是从制度的受害者到制度的共谋者的过程，这个过程也是权力、资本缓慢滋生的过程。

从叙事的角度来看，“成功学”的叙事是一种限制性视角叙事，它遮蔽隐藏了部分历史的真实，而“收脚印”所具备的全职全能视角则是一种祛蔽、还原的过程，正如我们在文本中经常能够看到，“收脚印的人”的灵魂飘荡在具体情境的上空，事件的细节尽收眼底。事实上，这不仅是一个回溯、描述历史真实的过程，也是把自身拉回历史深处进行反思、审判的过程。尤其是后者，把自我重新放置回具体的情景中，实际上呈现的是一种与历史同谋的状态，由此，所有的宏大批判和控诉都落实在坚实的自我批评自我批判基础之上。而构成自我批判内容的正是那些内容饱满、细节充沛的个人经验。也正是因为这一点，《收脚印的人》成为同类作品中少有的清醒、深刻之作。

三

《收脚印的人》所呈现的气势和态度，令我再次想起文章开头的那场对话。周嘉宁对路内说：“这里说到一个坚定的自我。但是我的坚定性又始终存活于自我质疑……我觉得比如像路内身上，肯定会有自我质疑，但也有很强烈的自信，这个自信是‘我很牛，我要把世界都灭了’的想法，也往往是在男性身上比较容易出现的想法……所以我其实非常羡慕，你在深刻地自我怀疑的同时，还拥有想要击溃世界的自信，自信和自我质疑结合在一起，对我来说是一种迷人的特质……”[1]其实，如何写/写什么倒未必与性别相关，只不过王十月、路内这样的作家确实有着强烈的为世界命名、为时代赋行的冲动，他们主动把自己抛进世界的漩涡中搏斗、沉浮，与周嘉宁等人的“小世界”式的映照和反射相比，代表了长篇小说的另外一个方向。

路内在2015发表的长篇小说叫《慈悲》[2]。小说写的是一个

[1] 周嘉宁、路内、黄德海：《世界的一半始终牢牢掌握在那些僧侣型作家手中》，《澎湃新闻》2015年11月23日，http://www.thepaper.cn/www/v3/jsp/newsDetail_forward_1400209

[2] 路内：《慈悲》，《收获》2015年第3期。

国营化工厂的兴衰和工人命运的沉浮。路内笔下这种工厂带有典型的“工厂办社会”的计划经济特征，这样的国营工厂其实上是个麻雀虽小、五脏俱全的微型社会。社会变革、国家政策的调整等宏大历史进程在此类工厂发展上表现得尤其明显。所以，当路内写下“前进化工厂”（一个典型的计划经济时代、社会主义遗产式的名字）在“文革”、改革开放、严打、投机倒把、国企改制、市场经济、私营企业兴起等大大小小的时代风潮中的光荣与衰败以及工人们的命运流转时，实际上，呈现的是历史表情的变化和身不由已被历史裹挟的人们的精神、心态和日常的变动。简而言之，人与历史复杂纠缠的状态和细节在小说里得到了呈现，也正是这一点，使得路内的创作在当代文坛显示出极高的辨识度，这也使得如《慈悲》这类的长篇小说实现了帕慕克所言的“小说博物馆”的意义：“小说也构成了一种内容丰富且有感染力的档案——有关人类的共同情感，我们对普通事物的感知，我们的姿态、谈吐、立场……因为小说家对此进行了观察并且细心地在作品中加以记录……小说则观察并保存了同一时期日常生活的组成部分，如意象、物品、交谈、气味、故事、信仰、感知，等等。”[1]

路内其实有着更大的企图，“慈悲”这个题目表明他大概是想写一部与信仰有关的小说。小说中人物聚合离散的命运和一些细节确实也弥漫着大开大合的悲天悯人的情绪。比如，小说中多次出现的“祭炉”情节和结尾处关于真假寺庙和真假和尚的讨论，都彰显着路内试图用某些精神资源来整合历史纷繁、现实离乱的良苦用心。“祭炉”源自古老的手工艺传统，它传达的是对技艺与人的关系的尊重和敬仰，对应的是文本中现代化工业流水线上的操作工；“和尚”与“寺庙”则涉及更为强势的宗教观的问题，对应于文本中那些尘世间的罪恶、怨恨和伤害。只是这些都是在古老中国几千年时

[1] [土耳其]奥尔罕·帕慕克：《天真的和感伤的小说家》，彭发胜译，上海人民出版社2012年版，第121页。

间里形成的精神资源和世界观，对于当下中国而言，几乎是突然降临、多少还有被动意味的现代性、后现代性经验，这是否会显得突兀，可能是个值得商榷的问题。

然而这个问题并不影响《慈悲》依然是一部优秀的长篇小说。在我看来，它的卓越之处还在于，它让有难度、有智力的写作重新回到当下的长篇小说中来。这是一部靠对话推动叙事的小说。路内把与历史背景的相关信息和推进故事进展的要素合理化地进行对话，由此保证了故事的连贯性和叙事的节奏感。这种冒险而颇有成效的做法自然带来了良好的阅读反馈。对于那些偏爱故事情节的读者而言，能获得阅读上的愉悦感；而对于那些不仅仅满足于故事性的读者而言，则需要携带自身的知识储备和价值观念，与对话中的那些重要信息，进行相互质疑和相互补充。在小说阅读中难以获得智力反馈和知识训练，恰恰是当下长篇小说创作中的又一个病相。

关于长篇小说的“智力”和“难度”，要涉及很多更为具体的讨论。作家在文本中凸显的价值观念或者说信仰，能否有效地整合那些被叙述的经验，亦是比较重要的问题之一。换而言之，小说中事件所呈现的价值取向与作者所试图传达的观念是否贴合，它考验的是作者命名世界的能力。在我看来，韩东的《欢乐而隐秘》[1]和葛亮的《北鸢》[2]在这个方面存在着不足之处。

《收获》在官方微博上推介韩东的这部最新小说时评价道：“在小说摧枯拉朽的语言背后，暗含了某些关于宗教哲学的探讨，因果报应，死生轮回。荒诞的故事由狂欢式的笔调予以呈现，带来一场欢乐而隐秘的阅读体验。”[3]事实上，这个故事呈现的形态非常单薄：所谓“荒诞”无非是一个三流影视女演员（林果儿）与亿万富翁（齐林）的情感纠葛，其中还夹杂着林果儿与游手好闲的前

[1] 韩东：《欢乐而隐秘》，《收获》2015年第4期。

[2] 葛亮：《北鸢》，《人民文学》2015年第12期。

[3] 《韩东长篇小说：欢乐而隐秘（选读1）》，《收获》官方微博，2015年7月23日http://blog.sina.com.cn/s/blog_4a8995430102vpgc.html

男友（张军）的分分合合；所谓“宗教哲学探讨”也无非是作为叙事者/禁欲者/旁观者，同时也是林果儿的“男闺蜜”秦冬冬以佛法来谈论、解释这些纠葛。韩东大概是觉得，小说中这些有着充足的物质保障、无基本的生存焦虑的人，是能为宗教/信仰扎根提供可能性的，这倒是像“仓廪实而知礼节，衣食足而知荣辱”的现代翻版。问题在于，韩东所描绘的中产阶级精神生活与其宣扬的佛教观念始终存在着巨大的鸿沟。小说里有个细节：秦冬冬告诉林果儿那些未来得及出生的婴儿也是有灵魂的，叫“婴灵”；林果儿在第七次堕胎之后开车去寺庙赎罪的路上撞在一棵樱花树上，树上飘下七片花瓣落在车子上，这被林果儿视为“婴灵”显灵，因为“樱”与“婴”同音。按照佛教的理念，堕胎即为杀生，但是在韩东笔下，中产阶级的杀生却在婴灵、樱花的修辞中，完美地演绎了赎罪、诗意与禅韵的融会贯通。小说的结尾，齐林车祸身亡后，林果儿找到张军受孕，她认为怀上的孩子是齐林的转世投胎，然后为了孩子的身份问题，她又嫁给了秦冬冬。这便是小说的题记为何是：“谨以此文献给齐林、王果儿和我儿子以及他父亲。”或许这里有超出我们经验把握之外的深意，毕竟这一切都在秦冬冬“佛法无边”的议论中得到了合理解释。简而言之，韩东关心的是信仰/宗教拯救当下的可能性，但是他的故事呈现的却是另外的形态，即中产阶级如何通过“消费”宗教/信仰换来自身道德净化。于是，故事的价值形态反过来收编了韩东的写作动机，反而使得韩东的写作行为更像是为某种生活方式开脱、辩护、灌输价值。我在这里无意区分阶层的价值形态的高低，只是认为，韩东的这部长篇多少暴露了当下写作伦理中的一个症候，即中产阶级的文化幼稚病。

当下中国经验的复杂性是中产阶级的文化幼稚病滋生的土壤。面对现实情境的失语和关于未来的不确定性和不安全感，他们试图寻找一劳永逸的济世良方，于是宗教成为顺手可得的精神资源。然而因为缺乏关于切身生存问题的细微体察，很多关于宗教的谈论都像是模糊历史真实的策略性叙述。至少在当下的中国，宗教问题正日益演变为阶层问题，它正越来越多地表现为某部分群体的文化品位、社会身份以及慈善手段，愈发远离普度众生、信仰重建的宗教初衷。

中产阶级的文化幼稚病的另一个体现，便是在历史虚构中凭吊风雨飘摇、人世飘零。《北鸢》便是中产阶级在历史虚无中自我感伤的典型样本。这样的小说通常有着大致趋同的情节架构：高门大户在晚清以来的历史中多舛、曲折的命运轨迹。故事中或许还有几分历史真实作为背景，然而几乎所有的革命、爱情与历史都围绕着世家的爱恨情仇、生死离别展开。放眼望去，豪门弟子的身影遍布20世纪中国历史的每个关口和角落——一言以蔽之，豪门恩怨几乎与20世纪中国历史形成了同构关系。在历史虚构中寄托情怀，本是写作常态，只是有些情怀却是时代病的反映。中产阶级的现实处境，以及把这种处境投射进历史虚构和文化想象中所带来的虚无主义，是两个层面的问题。简单说来，在当下中国的现实语境，中产阶级其实是徒有其表的孱弱的存在，他们既构不成保持社会平衡的力量，也无保障自身安稳的可能，要么成为权贵的帮忙与帮闲，实现阶层上升，要么在社会冲突中成为矛盾的转嫁物和替代品，迅速沦落为底层。所以他们只能在历史的虚构中聊以自慰。一方面，豪门衰败、礼乐崩坏折射的是中产阶级在现实语境中的不安全感和对于未来的悲观展望；另一方面，世家弟子在时代风云际会中纵横捭阖，成为历史的主角，这种历史想象掩盖的是他们在现实中的无力和无能。对于中产阶级的现实焦虑，我抱有理解和同情。但是我们若承认写作是一种权利，特别是在当下的中国，它所包含的微弱的申诉和抵抗的权利还有存在的必要性，那么，过分沉溺于写作带来的自我满足、自我安慰和自我封闭，特别是切断历史想象、历史虚构与现实体察隐秘的互动关系，则等于宣布放弃权利。而这权利正是包括葛亮在内的中产阶级们在这个时代还剩余的、屈指可数的言说渠道之一，这里包含了微茫的机会和希望。

四

关于作家与世界相处的方式，路内还曾谈道："这个全世界是什么？可能就是所谓的文学所映照出来的世界吧。但是即使是这样一个世界，其中有一部分仍然牢牢掌握在那些僧侣型的作家手里，那些东西是不会流失出去的。征服型的作家永远只能征服他所征服的那一半，但是地球的另一半仍在黑暗之中，他甚至无法认知出来。"[1] 我想，王安忆大概就是属于这种僧侣型的作家，她们掠过世事繁华的表象，执着于世界深处的或幽暗或澄明的秘密。"文学的神秘性，情感的神秘性"[2] 抽丝剥茧般在这类作家作品中得到了细致的呈现。

《匿名》[3] 发表的时候，王安忆说朋友鼓励她"要有勇气写一部不好看的东西"[4]。是否"好看"在很大程度上取决于读者的个人喜欢，难以定论。但是绵密的细节纹理、复杂抽象的命题和简约冷峻的语言，确实让王安忆以"匿名"的方式写出了一部无法通过其写作脉络来辨识的作品。

就情节本身而言，这个故事基本架构非常简单：一个被错认而遭到绑架的人被抛弃于与世隔绝的深山独自生活一段时间后，被人发现并开始重建对俗世日常的认知。于是前部叫《归去》，后半部叫《来兮》。这种描述显然大大简化了王安忆在叙事上的野心。事实上，王安忆无意叙述一个可能会被类型化或者说有鲜明主题的故事，但是在叙事的过程中，她又让故事不断地向各种类型或主题

---

[1] 周嘉宁、路内、黄德海：《世界的一半始终牢牢掌握在那些僧侣型作家手中》，《澎湃新闻》2015年11月23日，http://www.thepaper.cn/www/v3/jsp/newsDetail_forward_1400209

[2] 周嘉宁、路内、黄德海：《世界的一半始终牢牢掌握在那些僧侣型作家手中》，《澎湃新闻》2015年11月23日，http://www.thepaper.cn/www/v3/jsp/newsDetail_forward_1400209

[3] 王安忆：《匿名》，《收获》2015年第5、6期。

[4] 《王安忆谈新作〈匿名〉：陈思和让我要有勇气写一部不好看的东西》，"凤凰读书"微信公众号，2015年12月28日http://mp.weixin.qq.com/s? –biz=MjM5MDA0Mjc0MA==&mid=401243026&idx=2&sn=d9125a3e84254c725f3635694399a4d9&3rd=MzA3MDU4NTYzMw==&scene=6#rd

发出暧昧的召唤。在这个过程中，她不断地唤醒读者某种阅读记忆和阅读期待，却又在不断地挫败、消解它们。具体说来，小说的开头充满悬疑，似乎要展开探案推理的故事模式；在家人找寻的过程中，展开的却是世情冷暖、人间百态、三教九流、芸芸众生的浮世景象，像是世情小说的缓缓铺展；被绑架的人在幽闭的空间里辨识外面动静，听着两帮人在为是否绑架对了人而争吵，在江湖黑话中辨识信息时，总让人感觉一个惊心动魄的黑帮故事将要发生；及至这个被错认的人被遗弃在深山里时，时间停止，万物静谧。一个失忆的人，忘记自身身份、历史和教化的人，与一个天地蛮荒的原始空间相遇，人与万物彼此打量，时间流转只是日升月落的循环。这样的故事氛围难免令人想起 1980 年代的那些“寻根”故事；后来这个“匿名”的人被人发现，送进了小镇的敬老院。这个小镇民风颟顸而朴素，奉行一套未被现代社会熏染的处世原则和人际关系，而与这个人日常交往的都是些畸零的人，如丧失劳动能力的老人、患有白化病的少年、先天心脏有病的儿童、黑帮大哥等等，此时的故事在写实意义上有些像与现代主流文明保持距离的边地风情小说，在隐喻意义上又有些像与主流社会隔绝的边缘群体的故事。这些近似某个类型或主题的叙事往往是展开不久又转向别处。对于读者而言，阅读的期待与失落交替进行。我想，这正是王安忆在叙事上的“霸道”和高明之处：为了避免这个故事被可能的主题和类型收编，她故意布置了这个“匿名”的叙事迷宫。读者在一次次阅读受挫后，只能依靠王安忆所指引的思考方向。如陈思和所言：“这个作家就变成了一个上帝。”[1]

王安忆一边苦心营造着叙事的迷局，一边又强势地掌控叙事的走向，这一切源于她所要实现的叙事意图，如其所言：“以往的写

---

[1] 《王安忆谈新作〈匿名〉：陈思和让我要有勇气写一部不好看的东西》，“凤凰读书”微信公众号，2015年12月28日，http://mp.weixin.qq.com/s?__biz=MjM5MDA0Mjc0MA==&mid=401243026&idx=2&sn=d9125a3e84254c725f3635694399a4d9&3rd=MzA3MDU4NTYzMw==&scene=6#rd

作偏写实，是对客观事物的描绘，人物言行、故事走向，大多体现了小说本身的逻辑。《匿名》却试图阐释语言、教育、文明、时间这些抽象概念，跟以前不是一个路数的。这种复杂思辨的书写，又必须找到具象载体，对小说本身负荷提出了很大挑战，简直是一场冒险。"[1]很显然，王安忆试图用长篇小说的形式来讨论抽象的命题，而这种尝试不仅与读者关于小说的共识相抵触，而且对于王安忆本人而言也是一种巨大的挑战。所以王安忆需要利用既有类型/主题的小说惯常叙事形式来引导读者逐步进入她的抽象叙事，同时她也需要通过对具体经验的描摹渐渐完成写作思路的铺展和转变。我们可以以《匿名》的上半部《归去》为例，继续谈论王安忆在叙事形式上的匠心之处。《归去》的内容分两部分展开，一部分是家人寻找失踪者并逐步放弃的过程，一部分是失踪者在被绑架、转运的过程中逐步丧失对外界信息的辨析能力并最终被抛掷于人迹罕至的深山老林里生存的过程。在叙事刚展开的时候，两个部分的内容交替进行、彼此映照。在这个阶段，既是现代世俗文明逐步展开的过程，也是失踪者逐步远离这个现代世俗文明的过程。事实上，这个现代文明的逐步展开还有更为长远的叙事意义，即为后来建立起的原始、野蛮的环境提供参照与铺垫。在失踪者刚被带入山林时，王安忆的叙事发生了微妙的变化，她开始逐步减少了第一个部分内容的叙事容量，而渐渐加大了第二个部分的叙事容量。叙事比重和频率微妙变化的过程，其实就是失踪者逐步忘却历史、身份、知识、记忆的过程，而这些无一不是现代文明的标记。所以《归去》的结尾写到家属去警署注销失踪者的户籍时，有关现代世俗场景就完全在文本中消失了，而原始、野蛮山林及其隐喻"世界"开始统治了文本和叙事。至此，王安忆方能愈发从容地在一个迥异的"世界"中展开思辨和讨论，就像王安忆自己也承认的那样："写到后面我得心应手了不少。"[2]坦率地说，这确实是一个朴拙然而却颇具成

[1][2] 《王安忆谈新作〈匿名〉：我慢热，请耐心点》，《文汇报》2015年12月15日。

效的叙述过程，正是通过对类型/主题小说叙事模式和阅读期待的利用，王安忆有效地把读者的思考引向了自身的叙事意图，而且借助微妙的叙事结构的调整和大量的铺垫，她也平稳地实现了从具体经验的描摹到“抽象的审美之旅”[1]写作方式的转变。

“王安忆的小说越来越抽象，几乎摆脱了文学故事的元素，与其说是讲述故事还不如说是在议论故事。”[2]陈思和非常精辟地评价了这部小说最终呈现的文本形态。甚至可以说，王安忆煞费苦心地处理叙事形式，就是为了能够通过这个文本实现或抽丝剥茧、拂尘见金，或大开大合、信马由缰的自由“议论”。传统现实主义中的“议论”大多表现为关于具体情节的评价，而这种评价又完全受制于作者试图灌输的价值观，在极端上甚至表现为把叙事降格为观点的例证。王安忆的“议论”则溢出了这个范畴，这些“议论”更像是细节铺展中微弱的停顿，是关于细节的注释和补充。因此，在我看来，这种“议论”的功能更像是细节、叙事的丰富，是一种以想象力支撑的抽象思辨形式。

若在整体上把《匿名》视为一场思辨，便会发现它是一部依靠想象力来成全抽象思辨的叙事。首先，王安忆“处心积虑”地引导读者见证了我们熟悉的一切是如何渐渐烟消云散的。她让我们清晰地看到一个人摆脱历史、社会、语言、记忆以及身份、具体的生存环境——这些让一个人成为一个独特个体的建构性因素——的过程，并让我们心悦诚服地相信一个具有鲜明特征的人“退化”为只具备生理特征和生存本能的人是可能的。用具体的事件来展示这个过程固然必要，但是将具体、偶然的事件变得对读者具有说服力、引导性，则需要依凭强大的想象力所制造的迷惑性、欺骗性。其次，当这个只具备生物特征的人两手空空、“赤裸裸”地走进那个只依靠自然法则运行的世界时，王安忆念兹在兹的关于“语言、教

[1] 《〈匿名〉：一场属于王安忆的抽象审美之旅》，《新京报》2016年01月14日。

[2] 《王安忆谈新作〈匿名〉：我慢热，请耐心点》，《文汇报》2015年12月15日。

育、文明、时间这些抽象概念”的讨论和思辨才有了可能。具体而言，王安忆设置的情境中“人”是自然法则的一个构成部分，或者说自然之一种，从这个角度来说，他与其他自然、生物并无本质的区别。只有当“人”与周围的自然、周围的世界相互识别、命名时，“人”才有了区别于其他自然的可能。换而言之，在这个情境中，王安忆试图重新演绎“人”的起源过程，即从“人”藏匿于“自然”到“人”区别于“自然”这一过程。严格说来，只有到了后面那个阶段，上述那些抽象概念才有了可以依凭的具体材料，因为这些抽象概念的起源、发展无一不与“人”从生物性向社会性、历史性转变的过程相关。因此，在这个过程中，王安忆需要调动想象力提供细节，描述具体进程，由此那些抽象概念的讨论才能落实在具体经验上。尽管考古发现可能为这个过程提供一些实证性知识，但是在具体的语境中重建、演绎具有说服力的、鲜活的具体经验，则是需要非凡的想象力的。

因此，这一切都使得《匿名》像是一场精细设计而又充满想象力的封闭性实验。她预设了前提，设置好参数，搭建了情境，全神贯注地观察记录实验对象的种种情况，做出猜测、判断，并试图引起其他人讨论参与的兴趣。所以在我看来，与其在知识的意义上去计较那些抽象辩题的对错和方向，倒不如说王安忆在试探我们目前的知识、理论关于人、历史、社会等方面的认知边界，她使用的工具便是想象力，想象力越过认知极限的地方便是一片“匿名”的区域，而这个区域可能藏匿着新的智慧、真理和秘密。这也是何以王安忆会强调“耐心点，坚持看完下半部”的原因。因为在后半部《归来》中，那个实验对象走出了极端的情境，慢慢恢复了对周遭世界的感知后，王安忆的叙述也越来越接近读者熟悉的经验范围。这个时候，王安忆的实验已取得成效并接近尾声，她也不再需要以最大限度地试炼、冲撞甚至是瓦解现有认知及其承载的想象力为代价了，毕竟她最需要的是把这个实验成果带回现有的文明，以可以理解的方式呈现出来。简而言之，王安忆以其出色的叙事实验试验了长篇小说的可能性，虽说《匿名》所呈现的种种可能性是不可复制的，但是却为当下长篇小说江河日下的颓势挽回了尊严。

如果说王安忆执着于世界深处那些秘密、那些掌控世界运行的抽象规则，那么迟子建则更倾心于从相反的方向以感性的方式去描绘这个世界的神秘。《群山之巅》[1] 里有一系列身份特殊的人物，如手艺精湛的屠夫、预知生死以刻石碑为生的奇女子、专司枪决死刑犯的法警、小镇殡仪馆的入殓师。这些与生死相关的职业并没有带给读者一种源自陌生的惊悚感，在小镇外部日益喧嚣的现代文明的映照下，反倒让人感觉他们所构成的小镇生活代表了一种朴素、恒常的价值秩序。迟子建笔下世界的“神秘”，并不源自未知和恐惧，而是关于“失落”和“消失”的挽歌。迟子建怀念的是类似于小国寡民的社会形态：朴素、鲜明的伦理观，简单、安稳的社会交往，敬畏万物、人神通灵的萨满世界。小说展现的正是这样的一种社会形态被侵蚀的过程，如小说所陈述的那样，“他强奸了安雪儿，等于把龙盏镇的神话给破了”。所以，屠夫之子强奸了法警的女儿（通灵奇女子）就不仅仅是道德事件/刑事案件了，而是成了世界秘密消失的隐喻。于是，缉凶的过程也就成了还原、追溯、展开秘密消失过程的叙事。小镇的历史起源在缉凶的过程中缓缓铺展。与此同时，环绕着小镇历史的宏大的社会进程与小镇产生了愈发频繁的互动关系，革命、历史、经济等种种现代性庞然大物开始以各种方式、自外而内地改变着小镇的种种面貌。所以，在迟子建看来，世界的秘密来自于一种独特而又和谐自洽的传统、伦理和生活方式，只是在来势汹汹的现代性大潮面前，这一切都将淹没于同质化的现象之中。

五

作家与这个世界的关系就像周嘉宁《密林中》中的那个意

[1] 迟子建：《群山之巅》，《收获》2015年第1期。

象，每个作家都在孤独地探索描述这个世界的可能性，如同在密林中穿行，脚下的路可能是小径，也可能是迷途，但是只有走到最后，才能确定这一切是否可能。这个世界的秘密对于何顿来说，是那些掩盖在废墟下的足迹和小径。《黄埔四期》[1]叙述的是国民党军队在抗日战争主战场上的故事，以及这些抗日功臣在新中国成立后的命运遭遇。何顿以其非凡的耐心清理出一条血迹斑斑的来路。捡拾路上的遗骸，召唤空中的游魂，并非只是为了凭吊和伸冤。安置好身后历史鬼魅，方有辨识路在何方的可能。然而父辈们所参与的激荡的历史，对于生长于和平时代的年轻作家而言，更像是一种压迫与嘲讽。林森的《暖若春风》[2]便是这样一部长篇，现实的平凡与琐碎在关于大历史的反复诉说下愈发显得凋敝、暗淡。小说的结尾，主人公扔掉挂在客厅墙上的曾出身于黄埔军校的曾祖父的画像和诗词，整部小说的叙述基调也从抑郁的氛围转向了“暖若春风”的开朗。很显然，面对风雨激荡的大历史，不同代际作家的基本态度分野便呈现出来，至少在林森看来，摆脱历史的重负，把大历史祛魅，方能较为从容地摸索前往的道路。

事实表明，身处于小时代的年轻作家们确实更关注大历史维度之外的日常经验。张怡微的《细民盛宴》[3]围绕一场场家宴展开普通市民家庭的龃龉和亲情。这是一个颇费心思而又具中国特色的叙事结构，即饭桌与人情。在张怡微细腻的叙事中，一幅死水微澜般的庸常生活场景浮现出来。任晓雯的《生活，如此而已》[4]的基本情节非常简单，即一个有着童年阴影和自卑心理的女孩如何在成年以后过上自毁、毁人的生活，在沉溺于不自知的庸常生活中任“恶”生“恶”。任晓雯展现的是一幅消沉无望的人生精神图景，

[1] 何顿：《黄埔四期》，《收获·长篇专号》2015年春夏卷。

[2] 林森：《暖若春风》，安徽文艺出版社2015年版。

[3] 张怡微：《细民盛宴》，《收获·长篇专号》2015年春夏卷。

[4] 任晓雯：《生活，如此而已》，北京十月文艺出版社2015年版。

或许这也是现实的常态之一种。《我们的踟蹰》[1] 展示的是另外一种现实图景。作者弋舟是个惯常在历史维度中呈现个人经验的作家。这一次，他取消了历史维度，讲述了一个犹犹豫豫、欲说还休的中年人的爱情故事。陈再见的《六歌》[2] 则在历史和日常之外讲述了一段奇闻。这个故事涉及了六件命案，当初曾各自以中篇的形式发表过。将这六个故事并列时，便会发现各自成篇的故事中的人物、线索、内容在相互补白、相互提醒，最终构成了线索交错、情节紧张而又有完整性的悬疑故事。这个故事涉及黑帮、贩毒、畸恋等，既有话题性，又有可读性。总而言之，这些都是 2015 年可圈可点的长篇小说。然而这些小说在整体上所呈现的精神委顿的状态却也是当代文坛的一种现象。或许是因为现实过于黏滞、沉重，而未来又充满种种令人不安的不确定性，于是精神向度很容易在无物之阵中消磨、沉沦。问题不在于小说该不该书写碎片化的情绪、琐碎的经验或一己的悲欢，而在于这些经验与周围世界的关系是否也一并得到或多或少的呈现。我想，这涉及小说在现世存在的基本理由："在被哲学遗弃、被成百上千种科学专业分化了的现代世界中，小说成为我们最后一个可以将人类生活视为一个整体的观察站。"[3] 当下的中国长篇小说确实存在一种倾向，"现实是没有任何廉耻感地重复着，然而思想，面对现实的重复，最后总是缄默不语"[4]。这里的"思想"并不仅仅是指那些高深的、以体系形式表现出来的知识形态，更重要的是那些被描述的具体经验所包含的与周遭世界对话的潜能。不如此，我们将会丧失为小说辩护的基本理由。

（原载于《当代作家评论》2016 年第 3 期）

[1] 弋舟：《我们的踟蹰》，《作家》2015年第3期。

[2] 陈再见：《六歌》，花城出版社2015年版。

[3] [法]米兰·昆德拉：《帷幕》，董强译，上海译文出版社2012年版，第97页。

[4] 同上，第137页。

作为历史遗产的先锋文学：局限与可能

一

如今重新谈起先锋文学，我们谈论的是一个闪闪发光的历史时刻：1985 年前后，一批在文学观念、文学形式等方面具有强烈反叛意识的作品在较短的时间内涌现，对彼时的文坛造成了巨大的震动。作为创作潮流，它只持续了四五年的时间，却产生了一批迅速进入文学史叙述经典序列的作家作品。这批作家不仅仍是当下文坛的主导力量，他们当年的作品亦不断地释放历史影响力。只是年复一年的近乎雷同的谈论方式充满了仪式感，反倒日益将这一切塑造成只供膜拜、凭吊的历史遗迹。以至于三十年后，当引领这股浪潮的风云人物重新聚集在北京师范大学时（“通向世界性与现代性之路”——纪念先锋文学三十年国际论坛，2015 年 11 月 27 日），已显得意兴阑珊。在我看来，问题不在于先锋文学的历史势能已经耗尽，而是因为我们谈论它的方式已经僵化，换个方式或许能重建起这份历史遗产与当下的关系。严格说来，“先锋文学”涉及范围和实际情况非常复杂。限于篇幅，本文只讨论小说涉及的情况。

余华、苏童、格非、李洱等人的发言（作家发言请参见《文艺争鸣》2015 年第 12 期“先锋文学三十年研究专辑之二”）主要讨论了三个问题：形式变革、美学震惊、文学故事。形式变革和美学震惊，其实是一个问题的两种面相，涉及的是观念、形式变化所带来的审美体验震荡及其文学史影响。文学故事则涉及先锋作家群体的私人交往，以及作品写作、发表、出版背后的故事等，这些事情被当事人、旁观者、后来者反复诉说，同时伴随着细节增添、修正、抵牾的过程，故事便渐渐成为掌故。这三个方面大致反映了三十余年谈论先锋文学的基本角度和趋同的价值判断。也正是这三个方面的相互作用，渐渐使得这段文学史史实渐渐演变为文学史神话。如今，我们需要面对这些问题，将其背后叙述逻辑重新问题化，方能更好地描述先锋文学之于当下的意义。

二

余华说："先锋文学在中国文学所起到的作用就是装了几个支架而已。"这句话非常形象地描述出先锋文学的历史进步性，这些小说对技巧、叙述、形式等技术层面的重视，在很大程度上是对当代文学所缺失的多元的现代性文学知识的补充。这些知识、资源经过先锋文学的操练，在 1990 年代以后的当代文学发展中被普及成为常识，无疑它整体上提升了中国作家的视野和当代文学的格局。也正是在这个意义上，李洱重申了先锋文学跨越时代和作家代际的历史影响力："目前影响较大的几部长篇作品，比如陈忠实的《白鹿原》就受到先锋小说很大的影响。先锋小说激活了陈忠实的所有经验。没有先锋小说在前，哪有《白鹿原》在后？"

在承认先锋小说巨大的历史贡献的前提下，我们也会从这些作家的言论中发现，目前关于先锋小说的描述愈发呈现技术化、去政治化的倾向。技术固然是先锋小说最为鲜明的特征，然而过于强调技术则会遮蔽先锋文学的历史起源和技术所涉及的政治问题。我们可以分两个层次来谈论这个问题。首先，重新谈论先锋文学的"历史起源"，就是要颠倒先锋文学与 1980 年代历史的既定叙述逻辑。先锋文学的惊艳登场，带给历史的重要意义已经是老生常谈的常识问题。把这个过程颠倒过来，追问历史进程如何为先锋文学赋行，描述先锋文学在历史中缓慢生长的过程，呈现一个更为广义的先锋文学谱系，方能更好地解释先锋文学绵延至今的历史影响力。其次，1980 年代在当下的历史叙述中被描述为开放、理想的历史形象。然而与此后的历史时段相比，它依然是个国家进程、社会生活都带有浓厚的意识形态色彩或者说非常政治化的历史时段。具体到生长于此的文学，则可以说，在 1980 年代，技术问题其实就是意识形态问题，或者说，技术问题就是文学领域最大的政治问题。不承认这个前提，则很难解释先锋文学何以会短时间内造成如此深远的美学震荡。

我们可以 1980 年代几个重要的文学选本为例，继续谈论上述问题。1986 年，先锋小说最重要的两位吹鼓手吴亮、程德培编选了《新小说在 1985》（上海文艺出版社、香港三联出版社，1986 年），这个选本把 1985 年发表的那些以形式变革引发争议的小说几乎全部收入囊中。在后来的文学史叙述中，这一年被称为“先锋小说元年”，这个选本也就成为先锋小说的最经典选本之一。与此同时，两位批评家编选了另外一部集子《探索小说集》（1986 年，上海文艺出版社）。在这本集子中，除了有三篇小说分别发表于 1980 年、1982 年、1983 年外，其他篇目均分布于 1984 到 1986 年。很显然，这个选本展现了一个更为宽阔的形式、观念变革的小说发展谱系。

而在《探索小说集》出现的前一年，李陀、冯骥才出版了《当代短篇小说 43 篇》（四川文艺出版社，1985 年），这个选本收入了 1979 年至 1983 年能够体现小说形式、观念变化的那些小说。在当年的新潮批评家黄子平看来，这个选本体现了 1980 年代前期“小说观念突破前行的轨迹”。

众所周知，1986 年、1987 年是先锋小说风光无限的两年。先锋小说成为思潮在很大程度上得益《收获》杂志在这两年的集中推介。不久以后，先锋小说的重要推手程永新编选了《中国新潮小说选》（上海社会科学出版社，1989 年），这个选本当然是以那两年发表在《收获》上的作品为主体，保存了 1980 年代中后期在小说观念及其实践在审美 / 形式层面创新的大部分文本。

罗列以上1980年代比较著名的四个选本，旨在提供一种重新评价先锋文学的角度。首先，把这些选本收录的作品按发表时间先后进行排列的时候，便会发现在整个1980年代贯穿着一条脉络清晰的形式变革轨迹，而这个轨迹在我看来，实际上是一个涉及范围更为广泛、广义上的先锋文学的谱系。这个文学谱系不仅构成了此后文学史谈论1980年代文学史成就的主要名单，而且表明1980年代中后期狭义上的先锋文学的发生有源自1980年代文学史内部的历史起源，而非完全是域外资源横向的结果。换而言之，如没有1980年代前期的各种观念、形式的实践，很难想象先锋文学会积蓄起在1980年代中后期瞬间爆发的潜能。直言之，先锋文学是1980年代缓慢而艰难的形式变革历史孕育的结果。其次，上述选本还涉及一个问题，在面对那些形式、观念呈现异质性色彩的作品时，文坛并无约定俗成的命名，比如，新潮小说、新小说、探索小说等，还有现代派小说、现代主义小说等，与其说这些命名在当时有着大致的指涉范围，倒不如说这些概念在很大程度上只是对在形式、观念变革等方面出现新质的小说的一种笼统的、暂时性的、模糊的指称。但是，后来"先锋文学"的命名出现以后，它在使用中逐渐被窄化、固化为当年的《收获》及其周边的作家群，这便是我在前述已经提及的狭义上的先锋文学——事实上，我们大部分时候关于先锋文学的谈论正是在这个层面的重复。因此，恢复一个复杂、宽阔、历时的先锋文学谱系对重新理解先锋文学非常重要。再者，上述选本所选的文本在发表时均引发过争议，而且这些争议大多起于形式，终于意识形态定性。所以，这些作品在动态上构成了一部1980年代文学论争史，这种现象在一定程度上提醒我们，广义上的先锋文学的发展史其实是一部与意识形态对抗的历史。值得注意的是，在当时的历史情境中，正是那些反对者坚持形式与意识形态捆绑，反倒是后来那批被称之为新潮批评家的先锋小说的拥趸更乐意在语言实验、审美形式、智力游戏等文学技巧层面为这些小说辩护。倒不是因为反对者比拥护者更为清醒，而是因为在当时的政治环境中，把形式与意识形态隔离是保护那些“危险”的作品的唯一途径，这是一种暂时性的、策略性的辩护策略。更何况，当时批评家、作家念兹在兹的“文学自律”“创作自由”等问题其实就是一种鲜明的政治态度。或者说，批评家、作家热衷于技术问题的谈论，其实也是意识形态化、政治化社会形态的另一种面相。这正是先锋小说涉及意识形态问题时所体现的复杂性之一。所以当年的朱大可会在新的一轮政治运动来临时说：“一九八七年，当所有的声音都被严厉地打断时，只有非意识形态的纯粹语言，才像灵巧的鸟儿那样逃遁到罗网之外。而这漏网之鸟又回过来成为拯救文学的神明。”（《空心的文学——关于新时期文学的白皮书》，《作家》1988年第9期）这句话倒是部分地反映了历史的真实性。所以在我看来，只有重新恢复关于先锋小说的意识形态性质的描述，有效区分先锋文学本身的局限和我们谈论先锋文学的方式的局限，这份遗产之于当下的意义才会得到更为丰富的阐释。

三

1980年代以一种猝不及防的方式迅速落幕时，新潮小说家关于先锋小说的片面辩护便成了权威的历史判断。这种情况的出现，一方面是因为形式变革已渐渐成为关于文学的基本常识，另一方面，则是因为在新展开的去政治化的历史语境中，先锋文学所携带的意识形态问题也渐渐无法引起谈论的兴趣。

但是，在我看来，先锋文学以一种更为成熟的文学形态恰恰出现在1990年代以后。正如程永新在编选《中国新潮小说选》时说的那样：“有人预测，中国当代文学真正的大作品将在五年、十年后出现。如果这个预测没有发生偏差的话，我不想说大作家一定在这本集子的作者们中间诞生，但我极其固执地坚信：假设中的大作品、大作家一定是沿着他们（它们）的足迹走到一个辉煌殿堂的。”

1990年代以来，一批带有鲜明的先锋文学特质的长篇小说的出现，恰恰是这股文学潮流呈现出充沛、蓬勃生命力的体现，这些作品大多出自未曾来得及分享1980年代历史荣耀的那些作家。例如：潘军的《日晕》（1989年）、吕新的《呼吸》（1993年）、北村的《施洗的河》（1993年）、林白的《一个人的战争》（1994年）、陈染的《私人生活》（1996年）、东西的《耳光响亮》（1997年）、阎连科的《日光流年》（1998年）、棉棉的《糖》（2000年）、李洱的《花腔》（2001年）、邱华栋的《正午的供词》（2001年）等，当然也包括前述李洱提及的《白鹿原》（1993年）等。

这些长篇小说的可贵之处在于，他们不仅把形式变革熟练地运用于长篇小说的写作，而且大胆试炼了这些形式在处理更为复杂的叙事内容时的有效性和可能性。在这些作品中，我们不仅看到形式变革为处理复杂经验所带来的从容，而且看到隐秘的历史态度、复杂的现实情感、斑驳的社会景观，以及关于自我的深刻认知等。可以说，正是这些长篇小说的出现，恢复了有精神内核的先锋文学的本来面目。这种精神内核始终以一种经验的及物性，保持着对现存事物、秩序的反弹和质疑，从而使得先锋文学始终以一种开放性和未完成性在当下和未来展开。这也是我不断强调的先锋文学的政治性。

只是这些问题在1990年代以后的语境中，并未得到充分展开。具体到彼时当代文坛的话语方式，我们会发现上述作品迅速被一些新的命名占领，如新历史主义、女性主义、私语写作与美女作家、魔幻现实主义、后殖民主义，甚至是新写实小说。这些概念、理论、命名虽在不同程度上让这些小说获得了更为细致、丰富的阐释，却以知识的名义消解了先锋精神天然地、朴素地甚至是有些粗暴地对秩序/价值质疑、叛逆的那种蓬勃的生命力和破坏力。

四

余华的发言还提道：“我听到张莉在学校给学生上先锋文学的时候，后来杨庆祥也提到类似的情况，他们的学生从我们八十年代的先锋文学作品中没有读到八十年代的生活是什么样的，这是文学的另一个功能，就是社会文献的功能，这个我们暂时不去管它。”余华在这里回避的倒不是先锋文学与具体语境中的社会经验的关系，而是回避了一段被遮蔽的文学史现象，即先锋文学自我净化、提纯和先锋文学的神话对同时代其他文学现象的压抑。

如果我们注意到《五一九长镜头》《公共汽车咏叹调》也曾入选吴亮、程德培编选的《新小说在1985》，至少能够说明在“先锋”这个命名固化、窄化之前，很多未经细分的小说在共同分享技术更新和关于现实的敏感性这种“新质”。然而，在很短的时间内，从“新”到“先锋”的命名变化，不仅划分出作品的价值等级，而且丢弃了经验的及物性。其实，这是先锋文学自我净化、自我神话的过程。这个过程，实际上是以压抑其他文学现象为代价的。就在这部选本出版后的第二年（1987年），程德培便指出了文坛跟随风潮盲动而出现的遗漏，他指出1986年的文坛还出现了一种值得关注的现象，即“新闻小说”的繁荣。《唐山大地震》《中国的“小皇帝”》《阴阳大裂变》《多思的年华》《在蛇口，一次短暂的“罢工”》《命运狂想曲》《但悲不见九州同》《二月逆流》等报告文学作品涉及了中国改革进程的许多焦点问题，在读者群中引发极大的关注。但是文坛却对这种现象视而不见。程德培所述及的问题还只是冰山一角。事实上，在整个1980年代，报告文学在社会参与、公共关怀等层面一直与改革进程保持着密切的互动关系，它们在文学传播、文学接受中的影响力并不逊色于其他文类。如今重新审视这些现象，与其计较新闻小说、纪实小说、报告文学在概念上的细节区分，倒不如直面这样一种历史真实，即这样的文类保持了属于一个时代的先锋文学精神，而这样的精神又在新世纪以来的“非虚构”写作中得到了激活，即高度的介入、尖锐地审视和超越历史现场的革新精神。这是一种更广泛意义上的1980年代的先锋精神。也正是在这个意义上，我们可以将“非虚构”写作看作是先锋文学在新世纪语境中呈现的新形态。因为“非虚构”写作所激活的资源，正是先锋文学在自我净化和神话叙述过程中被舍弃的东西，恰恰是这些东西，为当代文坛逐步走出书写中国经验的困境提供了可能性，至少在当下，这是当代中国文学重要的文化政治问题。

（原载于《文艺报》2016年2月29日）

“中国故事”与当代文学史重述[1]

在晚近出版的《文学世界共和国》一书中，法国思想家帕斯卡尔·卡萨诺瓦不断重申世界文学格局下的民族文学差异性的重要性；法国作家勒·克莱齐奥在其近期的中国之行中亦谈及中国文学如何加入世界文学的协奏曲。这些观点很容易让人想起近年在当代文学研究、批评领域被频繁使用的一个概念，即“中国故事”。概念的高频度出现并不意味着被认真对待，大部分时候只是人云亦云的误读。而反对者则因为这个概念在起源和使用过程中带有某种意识形态色彩和特定的思想派别色彩，就较为轻率地认定其一个意义单薄的概念。那么，“中国故事”能否成为一个具有包容性、阐释力、生命力的批评话语和概念，便成了一个问题。

一

所谓“中国故事”，是指凝聚了中国人共同经验与情感的故事，在其中可以看到我们这个民族的特性、命运与希望。而在文学上，则主要是指站在中国的立场上所讲述的故事，这主要包括以下

[1] 本文原名《改革进程、国家形象与中国故事——兼谈重述1978年以来的中国当代文学史的可能性》，原刊于《哈尔滨工业大学学报》2015年第4期。收入集子时，对原文进行了改动。

几个层面：相较于1980年代以来的“个人叙事”“日常生活”“私人生活”，“中国故事”强调一种新的宏观视野；相较于“五四”以来，尤其是1980年代以来的“走向世界”，“中国故事”强调一种中国立场，强调在故事中讲述中国人（尤其是现代以来的中国人）独特的生活经验与内心情感；相较于“中国经验”“中国模式”等经济、社会学的范畴，“中国故事”强调以文学的形式讲述当代中国的现代历程，在“中国经验”的基础上有所提升，但又不同于“中国模式”的理论概括，而更强调在经验与情感上触及当代中国的真实与中国人的内心真实。在这个意义上，我不想在“现实与虚构”这一普遍的范畴中看待中国与故事的关系，而将讲述“中国故事”作为一个整体、一种新的文艺与社会思潮，我想这可能会更有意义，也更能启发我们的思考。我们讲述“中国故事”，并非简单地为讲故事而讲故事，我们是“在以文学的形式凝聚中国人丰富而独特的经验与情感，描述出中华民族在一个新时代最深刻的记忆，并想象与创造一个新的世界与未来”[1]。

这是《人民日报》上的一段表述。这段描述大体呈现了“中国故事”这个概念的起源、指涉范围和价值判断。从中可见，“中国故事”并非当代文学研究领域的原创概念，是从政治、经济领域中的“中国模式”“中国经验”等表述中借鉴而来的。在具体的文学批评实践中，这个概念主要用来指认新世纪以来的文学创作中的资源、情感、形式、叙述、内容、政治倾向、价值判断中的“中国特色”，并以此作为判断、批评文学创作的一个重要视角和标准。这个概念的内核类似于竹内好所言的“文化上的独立”，它强调的是全球化进程中中国的“特殊性”“具体性”。

这种描述所凸显的立场、旨趣和知识谱系反映了一部分批评家们的态度和共识，也有一些研究者显然难以认同这种内涵界定，却没有提出有力的反驳，还有一些研究者则在字面意义上比较中性模

[1] 李云雷：《何谓“中国故事”：展现中华民族特性、命运与希望》，《人民日报》2014年1月24日。

糊地使用这个概念。所以，倘若要继续使用这个概念，重新辨析内涵，厘清边界则显得非常必要。

二

“中国”是个区域概念，“故事”则涉及叙事等相关问题。所以，“中国故事”简单说来，就是区域性文化对周遭世界的反应进入虚构的过程、结果以及发生影响的轨迹。从根本上讲，“中国故事”及其相关表述涉及的是，在全球化语境中，在全媒时代中，中国文学的文化政治问题。如果没有更好的概念和观念来描述这个问题，那么如何阐释、如何不断拓展这个概念在批评实践和文学史描述中的可能性，将是一个非常有意义的尝试。

首先，这个概念在近些年被不断提起，是有现实依据的。新世纪以来的“底层文学”“打工文学”等文学现象和话题总是与“中国故事”的批评话语相关联。因为这些文学现象从内部根植于中国社会现实的结构性、体制性矛盾，在外部又与资本主义世界体系的全球分工有直接联系。

其次，这个概念的起源也有着深刻的历史渊源。“中国故事”并非只是中国日益深陷全球化市场之后才有的文化问题。“何谓中国”“中国去往何处”等深层焦虑一直伴随着现代中国的历史进程。或者说，“中国故事”与中国“走向世界”的国家历史进程始终紧紧捆绑在一起，前者是后者的民族性焦虑在文学上投射的结果。一个庞大而复杂的“中国故事”在不同的历史阶段必然表现为不同的主题和形式。严格来说，产生于新世纪文学界的“中国故事”话语，是当代文学面对当下国家历史进程的不同阶段所采取的一种提问方式，旨在提出不同的特定的时代问题。

再者，“何谓中国”（“中国故事”中的“中国”）是“中国故事”的意义核心，即如何描述、判断、想象中国，决定了故事的基本框架和价值形态。“中国故事”是在历史维度中向“虚构”和“叙述”敞开了多种面相。这便意味着“中国故事”不仅是让多种事件和价值观形成复杂张力关系的批评概念，而且可能成为动态地描述历史形态的历史观念或者文学史观念。

三

下面，我试图通过简要地重述 1978 年以来的当代文学史来说明这个问题。何以 1978 年会成为重述当代文学史与“中国故事”关系的起点，主要是基于“中国性”问题在中国现代历史进程的重要性及其历史变化。

晚清以降，近代中国“走向世界”的过程，是朝贡体系崩溃后中国逐步适应欧美所主导的条约体系并获得承认的过程。伴随着从“天下”到“国家”的观念转变，卷入世界民族主义、民族自决浪潮中的中国知识分子更关心的是，如何实现条约体系所要求的现代民族国家的资格。因此，笼统地来看，相对于现代国家、现代文明之普遍性，中国自身的独特性（包括民族性）、内部的具体性便成为一个退而求其次的问题。

1949 年至 1976 年的中国历史进程在整体上表现为“革命中国”或“红色中国”，此国家形象和历史进程绝对不能脱离二战以后世界冷战格局来理解。虽说对本土资源的有效利用亦是革命成功的原因之一，似乎也体现了竹内好所称赞的“东洋的反抗”的成果，但是也正如沟口雄三所反思的那样，所谓的“东洋的反抗”不过是日本学者对中国革命“主观憧憬”，它对应的是二战结束后日本面临的现实困境。如果非要强调所谓的“中国故事”，它也是日本学者为反思自身“脱亚入欧”所建构的“中国镜像”。所以，谈论“中国故事”，还是应该以主体认知为出发点。从建党到新中国成立再到冷战格局形成，中国非常在意自身在社会主义阵营中的马克思主义思想正统继承者、国际共产主义运动的“革命样本”、“第三世界”社会主义运动领导者的身份。在冷战格局中，相对于欧美资本主义国家比较松散的联盟，社会主义阵营更强调同质性的个体构成的整体形象，意识形态对抗几乎成为阵营内部各个国家用来标识自身合法性的唯一方式。所以也就不难理解，何以在“革命”和“中国”共同构成的国家形象中，“革命”成为主色调，而作为现代民族国家的“中国”逐渐淹没于一片红色的汪洋中。

所以，只有当“文革”结束，中国重新“走向世界”的时候，尤其是中国逐步成为世界格局中非常重要的力量的时候，“中国故事”才有萌芽、自觉和讲述（包括重新讲述）的可能。正如皮埃尔·马舍雷在评述斯达尔夫人的民族主义构想时说的那样，“任何文化都不会因为自身或为自身而存在：文化只能在有区别的全球体系内部才能自我建构，让人认可”。[1] 也就是说，只有当中国冲破铁幕，挣脱泾渭分明的意识形态对抗，更深入地参与到世界体系的运转之中，并对世界格局的改变产生影响，才能在内部真正产生自我认知、自我建构的诉求。随着中国历史进程与世界体系的互动加深，其文化政治诉求亦在不断地调整、变化。相应地，当代文学作为一种重要的社会在场，必然呈现出“中国故事”形态的历时性、复杂性和包容性。

四

在通常的文学史叙述中，伤痕文学被视为“新时期”文学的开端。这种侧重于“断裂”的叙事逻辑，忽略了“断裂”表象背后国家意志的主动性和历史的延续性。“文革”结束后两年的历史徘徊期，恰恰是国家意志基于新的顶层设计的需要而不断进行国家形象的自我清理和制度的自我批判的结果。把这个时期的伤痕、反思文学视为“遵命批判”“奉旨反思”固然有些苛刻，但确实能够说明，这个讲述历史和伤痛的文学思潮在很大程度上是对国家规划及其实际的国家进程的呼应。尽管这个时期文学思潮的发生延续了前一阶段的某些历史运转逻辑，但是因为国家意志在现实判断、未来设想等层面的调整，决定了这两个时期的文学思潮在表现特征上的

[1] [法]皮埃尔·马舍雷：《文学在思考什么？》，译林出版社2011年版，第45页。

差异，这差异便是如何在更为宽阔的世界格局中考量自身的诉求与发展。“中国故事”的萌芽正孕育在这种转变中。所以也就不难理解，何以浅尝辄止的历史反思和总结到了尾声的时候，改革文学会应运而生。改革文学正是在重新设计的未来蓝图的指引下对现实的重新叙述、评价和规划。1978 年之后的中国，经历着从“革命中国”到“开放中国”的形象变迁，其内在的驱动力在于建构现代民族国家的正常发展的形象，而这个形象又不失中国“特色”。改革文学正是在这个层面上承担了某种程度的建构功能，在某种程度上亦可被视为“中国故事”的起点。

五

新世纪文学视野中的“中国故事”在很大程度上建立在对 1980 年代文学的重新评价的基础上。

> 1980 年代以来的中国文学，逐渐偏离了“五四”新文学的传统。现在看来，1980 年代提出的“新的美学原则”，是以一种西方的、现代主义的、精英阶级的既定美学标准来规范中国文学，从而形成了一种注重形式、叙述、技巧的倾向。如果说 1980 年代的文学理想是“走向世界”的，是纯文学的……那么在今天，这一理想已经破灭了，一是对西方文学的“模仿”不可能产生真正的大家，二是“精英化”使它逐渐远离了底层，远离了读者，在表面的繁荣之后隐藏着严重的危机。[1]

这样的结论难免以偏概全。基本事实是，1980 年代文学尤其是以先锋文学为代表的在形式、叙述、技巧等层面引发关注的文学现象、思潮和作家、作品经由 1990 年代文学史叙述被经典化，借

[1] 李云雷：《新世纪“底层文学”与中国故事》，中山大学出版社2014年版，第21页。

助文学史教育、大众传播（如影视改编）迅速被塑造为无可取代的历史高峰。遗憾的是，这份未得到有效反思的文学遗产在 1990 年代以后的历史语境中被奉若神明，并导致了 1990 年代以来文学潮流中一种值得反省的写作现象，即“1980 年代以来的中国文学有一种奇怪的现象，它们是面向精英、面向批评家、面向（海外）市场的。”[1] 因此，1980 年代文学尤其是先锋文学在其发生的历史语境中的历史进步性和它在变化后的历史语境中所引发的一些流弊，需要在“中国故事”的概念中得到有效的区分。

1980 年代文学的历史进步性，要从两个方面去考量。一方面，相对于早先较为单调且价值判断较为雷同的借鉴资源（如苏俄文学、被清洁过的民间文化、极少数的第三世界国家的文学），1980 年代文学对技巧、叙述、形式等技术层面的重视，在很大程度上是对当代文学所缺失的多元的现代性文学知识的补充。这些知识、资源经过先锋文学的操练，在 1990 年代以后的当代文学发展中被普及成为常识，无疑整体上提升了中国作家的视野和当代文学的格局。这也是 1980 年代文学的历史进步性在 1990 年代以后的市场经济语境下依然持续发挥影响力的地方。另一方面，评价 1980 年代文学的历史进步性还需要考虑国家改革的具体进程。在“摸着石头过河”的 1980 年代，“四个现代化”是一种意识形态，但是这种意识形态又恰恰生长于还未对现代性诸问题进行自觉反思的时代。因此，这样的时代氛围中，文学的“改革”也就被表述为文学的“现代化”，而这个现代化的诉求在今天看来，也许显得较为直接和盲目，即文学现代化的目标在于实现欧美文学特别是现代主义文学所达到的水准，然而在内容描写受限制的前提下，现代主义在形式实验方面所带来的审美震撼自然会成为中国作家趋之若鹜的追求。比如，徐迟提出“马克思主义的现代主义”[2] 的说法，李

[1] 李云雷：《新世纪“底层文学”与中国故事》，中山大学出版社2014年，第22—23页。

[2] 徐迟：《现代化与现代派》，《外国文学研究》，1982年第1期。

陀、刘心武、冯骥才关于“现代派”的问题的通信[1]，都是在小心翼翼地规避内容的前提下来谈论形式借鉴的问题。先锋派文学的兴起在很大程度上延续了这种思路，而且当时的文学批评对先锋文学的关注，亦大部分集中于语言实验、审美形式、智力游戏等文学技巧层面[2]。没过多久，先锋文学在1980年代末的“真伪现代派”[3]的讨论中被部分批评家视为“伪现代派”时，主要的理由亦是先锋文学侧重于形式实验而忽视了现代主义在形式与内容上的有机结合。对此，我们应该怀有必要的历史同情。彼时的中国作家对技术问题的痴迷，在很大程度上亦是1949年后中国作家被长久压抑的文学自律诉求的尽情释放。因此，在政治气候依然有些阴晴不定的1980年代里，中国作家关于“走向世界”的文学现代化的想象只能在先锋小说的形式实验中得到极端体现。在这种想象中，内容成为退而求其次的问题，“中国故事”如何被讲述才是最为重要的。从这个角度看，以先锋派文学为代表的那些侧重形式探索的文学思潮、现象、作品，更像是1980年代的“中国故事”中的“恶之花”。

---

[1] 参见冯骥才：《中国文学需要“现代派”！——冯骥才给李陀的信》，《上海文学》，1982年第8期；李陀：《“现代小说”不等于“现代派”——李陀给刘心武的信》，《上海文学》，1982年第8期；刘心武：《需要冷静地思考——刘心武给冯骥才的信》，《上海文学》，1982年第8期。

[2] 1986年前后，此类在当时产生比较广泛影响的相关批评文章有：李劼：《新的建构新的超越》，《文汇报》1986年2月3日；冯骥才：《面对文学试验的时代》，《文艺报》1986年4月12日；吴亮、程德培：《当代文学：一次探索的新浪潮——对一种文学现象的描述、分析与评析》，此文系《探索小说集》的后记；南帆：《小说的技巧十年——1976—1986年中、短篇小说的一个侧面》，《文艺理论研究》1986年第3期；程德培：《叙述的冲突——对小说艺术的思考》，《艺术广角》1987年第1期；吴亮：《告别一九八六》，《当代作家评论》1987年第2期；李劼：《试论文学形式的本体意味——文学语言学初探》，《上海文学》1987年第3期；吴亮：《马原的叙述圈套》，《当代作家评论》1987年第3期；李洁非、张陵：《“再现真实”：一个结构语言学的反诘》，《上海文学》1988年第2期；李劼：《论中国当代新潮小说的语言结构》，《文学批评》1988年第5期。

[3] 参见黄子平：《关于“伪现代派”及其批评》，《北京文学》1988年第2期；李陀：《也谈“伪现代派”及其批评》，《北京文学》1988年第4期；袁可嘉：《中国与现代主义：十年新经验》，《文艺研究》1988年第4期。

虽然先锋派文学一脉在文学史叙述中被经典化，然而它们却不足以构成 1980 年代文学的全貌，更无法代表 1980 年代文学。事实上，文学史叙述对先锋派文学的经典化处理，是以遮蔽更为丰富的 1980 年代文学现象为代价的。就在先锋小说在文坛所向披靡的时候，新潮批评家代表人物之一程德培就指出了批评界跟随风潮盲动而出现的遗漏，他指出 1986 年的文坛还出现了一种值得关注的现象，即“新闻小说”的繁荣。事实上，在整个 1980 年代，报告文学在社会参与、公共关怀等层面一直与改革进程保持着密切的互动关系，它们在文学传播、文学接受中的影响力并不逊色于其他文类。从《哥德巴赫猜想》这样的积极配合国家政策、政治正确的宣传类报告文学，到刘心武《五一九长镜头》《公共汽车咏叹调》这类侧重记录社会热点事件的纪实小说，到程德培提及的“新闻小说”，再到由《人民文学》杂志社、解放军文艺出版社联名倡议，全国百家文学期刊共同发起的“中国潮”报告文学征文活动（1987 年—1991 年），1980 年代的报告文学全程参与到改革动态进程中社会生活的各个层面，大到改革方案、国家进程的路径选择，小到家庭生活的油盐酱醋、生老病死，这些文本大多严肃地揭示问题、讨论症结、提出解决方案，在整体上形成了“中国向何处”的众声喧哗的大讨论。因此，当我们重新评价 1980 年代的报告文学思潮时，会发现这些文本为改革探索时期的中国保存了翔实的“社会档案”，它们不仅历史地呈现了中国故事的种种面相，而且这面相中又充满了鲜活、充沛的历史细节。

六

相比于众声喧哗、孕育多种可能性的 1980 年代和利益导向简单而明确的 1990 年代，1980 年代末到 1990 年代初的两三年的氛围显得有些阴郁、沉闷。所以，新写实小说的出现也并非偶然。当文学史津津乐道于所谓“零度叙事”之类的形式意义时，恰恰忽略了经验本身的意义以及作家处理经验的态度与历史的关系，即理想主义的幻灭使得作家视线向下，发现了市民社会的风景。尽管这是一个被动和无意识的过程，但是当市民社会的崛起在1990年代以后逐渐成为社会转型中一个非常重要的现象和话题时，我们会发现新写实小说无意中为转型时期的“中国故事”中的新生现象保存了一份鲜活的经验。1990年代以后，中国作家对社会各阶层及其分化的关注，对城市经验的多样性、复杂性的敏感，其实都与新写实小说存在着一定的渊源关系。另外，需要补充的是，如果说中国作家在视线向下时无意中发现了市民社会，那么同时期的新历史主义小说的兴起则与作家的视线向后有关，1980年代文学中的某些文化反抗精神在“虚构历史”中得到或隐或显的留存，这里藏有“中国故事”在此时的某些隐秘的情绪。

七

如今回望1990年代以来的文学态势，这二十余年是一个文学样式、文学风格、文学方法爆炸式呈现的时间，大厂文学、陕军东征、新生代作家、女性私语小说、下半身诗歌、底层文学、打工文学、网络文学等以不同的方式参与到现实与历史的建构中。如果能够将这些纷繁复杂的文学史现象进行历史化描述，还原到具体话语实践中，恢复其中历史社会批判，便会发现他们在以不同的视角、方式，碎片式回应着国家历史进程。这些碎片的整合便是一个复杂、斑驳、多元的“中国故事”图景。在这个图景中，我们可以重新认识、理解1990年代以来文学的产生、发展，及其与文学制度、历史语境更迭的关系。

八

总而言之，“中国故事”作为一个未经充分讨论的批评概念以及观照当下中国文学整体进程可能的视角，它重申了文学作为一种非常重要的社会话语的实践性、建构性，更强调了文学与社会历史的互动甚至是博弈关系。正因为如此，“中国故事”或许能够激活文学史、历史、政治与文学创作之间的对话关系，成为重新理解1980年代以来中国文学运行机制的批评概念、文学史观念。

国家进程与文学史发展有时并不是平行的对应关系，而是存在一种复杂而隐蔽的关联。文学发展总是在具体历史语境中生成的，每个时代都产生了大量直面历史进程、积极参与历史形态建构的文学创作，除此以外，无论文学作品或流派自身诉求如何，历史的碎片都会散落于文本中，散发幽暗的光芒。尤其是中国改革开放以来三十余年的国家进程，浓缩了欧美现代国家几百年发展的经验和挫折，文学在这样急剧的历史进程中根本无法抽离其中。

新时期以来当代文学所推崇和信奉的独立意识与文学的历史情怀、公共关怀等，其实是文学现代性诉求中并行不悖的因素。文学描述评判现实、虚构历史、想象未来，其中蕴含着“对国家的书写和诉求”（这里面涉及了一种“国家形象”的建构），国家意志所主导的历史进程、自我想象、实际形态也会生成一种“国家形象”，二者在具体的情境中对抗与交流，在某种程度上促成了中国当代文学中非常独特、持续存在、明暗呼应的“中国故事”图景，与此相关的语境变化、张力关系的此消彼长又影响着文本形态和价值判断的多重性。可以说，国家进程和文学史发展之间的互文关系，具体落实到1978年以来的当代文学史发展中，便是“中国故事”的建构历程和在这个过程中所生成的多重含义。因而，用“国家”视角整合1978年以来的中国当代文学史，实际上便是不断将“中国故事”历史化的过程。

第二辑

事件

历史记忆、精神创伤与中年危机
——弋舟小说集《刘晓东》读札

一

我对 1980 年代的最初印象来自《人民日报》。这不是一个虚构的故事，我亦无意用反讽的语调来描述自己的经验。很多时候，与一段历史相遇确实充满了太多的偶然与巧合。大约是从 1989 年的夏天开始，爸妈每天下班后会把单位的《人民日报》带回家给我看，这个“课外读物”伴我完成了从小学三年级到四年级的过渡。那个时候，五年制小学的孩子在三年级时便基本上掌握了常用汉字，并开始学写作文。在当年的贫困县的县城里，实在是难以觅到今天所谓的儿童读物来进行阅读或写作训练，于是，《人民日报》便成为政治永远正确的父母的唯一选择。就这样，我对自己出生的年代开始有了模糊的记忆。我之所回忆起这段经历，是因为弋舟的写作让我意识到，我个人经验中关于一段历史的暧昧不清的记忆片段，后来却成为“刘晓东”们或者说历史中某代人心中的块垒。这种因为一个时代而建立起的脆弱、隐秘关联，让我面对弋舟的写作时显得兴奋而焦灼。兴奋是因为有人向我吐露了一个时代的阴影和秘密，而我恰恰路过这个时代却又擦身而过；焦灼则因为我并不清楚，这种经验在多大程度上能够成为可以共享的社会记忆并与当下建立联系。

对于“刘晓东”们来说，1980 年代是一场成人礼，不管是个体/肉身意义上，还是在社会/政治意义上。在这段历史中，他们完成了价值观的建立、崩坍或转向。尽管他们在当下已经是“知识分子、教授、画家”（本文所有引文，除专门标注出处的地方，其余均引自小说集《刘晓东》），1980 年代依然是他们生命中如影随形的幽灵。与用身份、地位、金钱撑起的光鲜的社会形象相比，历史的幽灵无疑更偏爱真实而瘦弱的灵魂——他们曾被“理想主义的光芒”吸引、灼伤而又念念不忘，只是“整个时代变了，已没了他发言的余地”，于是面对世界的方式只能是或对峙（《等深》中的周又坚），或瑟瑟发抖（《所有路的尽头》中的邢志平），或犬儒（三篇小说中那个喋喋不休的叙述者刘晓东）。

二

坦率地说，我并不认为现有的言论空间阻碍了我们继续谈论 1980 年代的挫折与伤痛，并进而影响到对《刘晓东》的继续讨论。在 1970 年代末至 1980 年代初，曾爆发了一场以声讨历史为名的文学运动，参与者无不在鲜血与暴力的展示中获得了政治正确和道德净化的快感，于是早于 1980 年代的那些伤痛和挫折就被顺利地归结为历史的“断裂”“变异”“病变”的结果。由此，几乎所有的参与者都迅速完成了与自己参与创造的历史的切割，事实上这是另外一层意义上的自我捆绑和自我禁言。

尽管 1980 年代的阴影始终笼罩着弋舟的叙事，然而弋舟确实无意复活“伤痕文学”的思路去追讨历史责任和道德承担。因为，如果把“刘晓东”们解释为历史的受害者，那么又如何解释多年之后拥有了“知识分子、教授、画家”等社会精英身份的“刘晓东”们？如果转而承认他们亦是“体制的受益者”，那么是否意味着他们已与历史达成和解，就此修复断裂的历史？事实上，在“受害者”与“受益者”之间，在发现历史连续性中断裂的瞬间与重建断裂历史中的连续性之间，存在着复杂的纠缠，从来就不是简单的政治立场和肤浅道德诉求所能解决的问题。所以，刻意预设某种立场去书写或解读一段历史的罪与罚，本身便涉及写作和批评的伦理问题。因此，讨论“刘晓东”们所涉及的问题，最关键的地方在于，1980年代的光荣和挫折如何进入“虚构”，在具体经验的层面建立历史与当下的关联。

弋舟一直在历史记忆、精神创伤与当下的生活之间寻求充沛而丰富的叙事张力，他的叙事来来回回穿梭于“那个时候”的回忆与“这个时代”的陈述之间，充满了历史辩证法的色彩（笔者注：“那个时候”“这个时代”这两个标示历史年代的词语反反复复出现于“刘晓东”们的故事中）。这一切源于弋舟始终正视一个基本事实：“刘晓东”们作为历史主体见证了一个时代的开启和落幕，他们以自身的言行参与、建构了那个时代的激荡和颓败；“刘晓东”们深知他们的精神乃至日常与那个时代的同构与呼应关系，而绝非仅仅是被历史潮流裹挟的盲从者。

所以，时过境迁之后，他们固然可以如前朝遗老那般执念往事——“那个时候，茉莉是一个将十字架戴在胸口的女孩”，却也认识到幻灭降临时的代价——“他这个无辜而软弱的人，这个‘弱阳性’的人，这个多余的人，替一个时代背负着谴责”；他们一边温习着那个时代的高蹈——“他生命中第一次远行，就遭遇了一个诗人。在那个时候，这不啻是和一整个时代正面相遇”，一边却又能清醒地反思、挤压那个时代的精神泡沫——“现在看来，尹彧当年的诗，的确不足以进入文学史”；他们很清楚自己在当下相对优裕的物质生存状态——“我们都曾经被迫逃离，后来我们也貌似过得都不错”，然而却总是难以平衡两个时代之间的精神落差，于是他们成了时代的分裂症患者、“自我诊断的抑郁症患者”……

于是，刘晓东们成了这样一种群体：告别激昂和虚妄并存的大时代之后，投身于精致而市侩的小时代；背负着大时代的幽灵，享受着小时代的恩惠。他们的肉身在两个时代的精神和日常中“踟蹰和徘徊”，从而让自己的故事成为时代症候的载体，汇聚其中种种经验，一端连着真实与虚妄相交织的历史，一端指向心不在焉却又蝇营狗苟的当下和未来。

三

弋舟觉得“刘晓东”这个名字“以自己命名上的庸常和朴素，实现了某种我所需要的‘普世’的况味”。在我看来，这“普世”指向的是经验的复杂。正如前面已经提到的那样，“刘晓东”们的故事的远景是政治、历史，纹理中却布满世情和日常，构成这些经验的是诸多充沛、饱满的细节。这些细节把“刘晓东”的故事引向诸多的可能性。因此，与其对这些经验进行分类、定性，倒不如紧贴细节去体会这些让人心力交瘁的故事里所弥漫的繁复的思绪和情感。

大学教授刘晓东及时地阻止了一个未成年孩子周翔精心策划的谋杀案，孩子的父亲正是自己的大学同学周又坚。周又坚多年来的沉默与颓废深深影响了孩子，以至于当周翔发现自己的母亲（也是刘晓东的大学同学）与上司关系暧昧时，便以为发现了父亲消沉的原因，于是试图用快意恩仇换回父亲的尊严。刘晓东在找到周翔时，一个令人焦灼的问题浮现出来：“我觉得我此刻面对着的，就是一个时代对另一个时代的亏欠。我们这一代人溃败了，才有这个孩子怀抱短刃上路的今天。”由此，历史变动、精神创伤与当下的生活之间的关系便在《等深》这个故事里建立了联系。

我并不认为此刻刘晓东的不安是一种中产阶级的矫揉造作。很显然，刘晓东的焦虑来自于自身的精神创伤以及这种精神创伤对后代的遗传和感染，毕竟小说里还有个孩子，名字也叫刘晓东。这一点绝非空穴来风，至少有研究会言之凿凿地宣称：“今天我们已经掌握了大量材料，证明确实有精神创伤的代代相传……父母的过去被转移到他们的子女的幻想和感情生活中去了……在当今的形势中，确实有一种精神创伤正在发挥影响——而且既是在个人层面，也在集体层面上发挥影响。”[1] 但是，科学研究能阐明问题的发生机制，却无法面对历史的吊诡。正如小说使用了海洋地理学的名词“等深”作为小说的题目。我们很容易理解从“等深流沉积物”到历史遗迹、历史残留物这样的隐喻生成过程，只是如何解释、如何祛魅，又是另外一件让科学束手无策的事情了。

我固执地认为，弋舟在写下刘晓东的焦虑时，一定想起了近百年前鲁迅的感伤——“救救孩子”。我无意在文学史意义上把弋舟和鲁迅关联，而是觉得弋舟重提了百年来中国历史中的一个死结，即历史断裂与精神创伤。我所说的“断裂”并非是指重大历史事件发生后所造成的历史转向，而是指历史叙述刻意制造的中断和隔绝。其中很重要的一点，便是历史记忆代际传承时所设置的禁忌和空白。由此导致的后果是，每一代人总是在上一代人的沉默或言辞闪躲中度过，在对过去无知和对未来的不可想象中独自摸索。这个过程始终伴随着莫名其妙的不安的感觉，还有那些说不清道不明的被抛弃、被伤害的感觉。如此反复，始终没有尽头。所以摆在刘晓东面前的只有一种选择：如何重建历史记忆的代际交流。

在这个过程中，刘晓东首先面对的便是如何重评“那个时候”，如何看待孩子的父亲，包括自己在内的一代人：“我们毕业前那个夏天所发生的一切，已经从骨子里粉碎了周又坚。整个时代变了，已经根本没有了他发言的余地。如果说以前他对着世界咆哮，还算一种宣泄式的自我医治，那么，当这条通道被封死后，他就只能安静地与世界对峙着，彻底成了一个异己分子，一个格格不入、被世界遗弃的病人。”

历史在一代人身上刻下印迹之后，人群发生了分化，一部分人成为“貌似过得也不错”、至少表面上看似正常的刘晓东，一部分携带着与当年的刘晓东同质的部分驻留在往日的时光里，“将世界

[1] [德]哈拉尔德·韦尔策编：《社会记忆：历史、回忆、传承》，季斌、王立君、白锡堃译，北京大学出版社2007年版，第257页。

戛然卡住”，成为“那个时候”的活标本。于是，才有了刘晓东对着孩子谈论周又坚。这其实也是今天的刘晓东在对着昔日的刘晓东进行回忆、凝望和反思。“街头”“呐喊”“咆哮”“夏天”“疾风骤雨”“风口浪尖”等片段拼贴了一个时代“沸腾的往事、辽阔的风景”。然而，当刘晓东有意无意地把这些回忆与周又坚患有“癫痫”且常常因为外界刺激不断“昏厥”的生理病症相关联的时候，他的态度变得暧昧起来。事实上，“癫痫”又何尝不是“那个时候”社会精神症候的一种隐喻呢？但是问题的另一面是，这“癫痫”中毕竟承载了他们当年对美丽新世界的想象，而且他们亦付出了代价。所以，刘晓东最后对孩子说：“周又坚是有正义感和羞耻心的人，他在生理上的痼疾，其实更应当被看作是一种纯洁生命对于细菌世界的应激反应。”刘晓东小心翼翼而又有所保留地挤压了那个时代的泡沫和不堪，提取了那个时代他们所珍视却不免有些夸张和美化的品质，颤颤巍巍地交给了孩子。

“发自肺腑地想要给周又坚的儿子、我们的下一代，树立起一个完美父亲的形象”这种诉求，于个体而言，既真诚又现实，于一代人而言，则可稍稍化解历史的重负。多么艰难的交流重建啊！尽管这样的交流显得力不从心、战战兢兢，然而历史记忆里晦暗的硬块开始微微地松动，那些因历史变动所造成的精神创伤似乎也有了疗救的可能。这让我想起集子里另一篇小说《而黑夜已至》的结尾——“黎明将近”。

四

作为一个集子中的系列小说，每一篇似乎都指向“刘晓东”们的某一种面相。在《而黑夜已至》中，历史的梦魇似乎渐行渐远，“刘晓东”们的当下状态便成为叙事焦点。刘晓东情人的学生徐果找到他，这个姑娘声称十年前自己的父母死于一场车祸，肇事司机找人顶罪，逃脱了法律的制裁，如今她需要别人协助她向如今已为巨富的司机讨回物质补偿。政法大学的艺术系教授刘晓东后来发现自己帮助别人完成了一场诈骗，尽管这场骗局的初衷多少还显得有些无私。

虽然与《等深》相比，这篇小说存在着一些过于明显的“偶然”和“巧合”，但是这并不影响我们审视已陷入“中年危机”（笔者注：这个名词并未在三部小说中出现）的“刘晓东”们的基本状态——“如今我是个抑郁症患者，我自我诊断，自我归咎，我觉得我欠了这个世界的。”“中年危机”“抑郁症”“精神创伤”存在着相似之处：深陷时空的某个节点，退不出来迈不过去；在个人或真或幻的悲哀中不断沦陷，对外面保持着尖锐的敏感却又拒之千里；看透了世情的运行规则和底线，对自己却无限放纵、宽容。正如刘晓东躺在情人的床上感慨的那样：“是的，这城市很糟糕，那么空，却又人潮涌动，一个早上就会有七个人死于车祸，下着和山里不同的肮脏的雨；人的欲望很糟糕，可以和自己儿子小提琴老师上床，可以让自己的手下去顶罪，可以利用别人内心的罅隙去布局勒索。可是，起码每个人都在憔悴地自罪，用几乎令自己心碎的力气竭力抵抗着内心的羞耻。”此时的刘晓东已经放弃了对外界对自身的任何抵抗，自我感伤自我哀怜的情绪遍布全身。

与此相对的是，徐果对刘晓东说过：“是的，你们都是这个社会的强势阶层。”刘晓东想要自辩却又无能为力。因为，这段在文本语境中并无嘲讽之意的话，无意中透露出些许社会真实。尽管“刘晓东”们已经无力也无心参与这个世界上的任何问题，然而在更为弱势的人的眼中，他们依然是这个社会的精英，或多或少地分享着体制的红利，能享受部分的权利，调动些许资源。

所以，我反复阅读《而黑夜已至》时，一直在怀疑，弋舟是否在用这篇小说来完成关于知识分子/中产阶级的自我嘲讽和自我审视。因为，掌握知识、拥有话语权、洞察世界的“刘晓东”们如果想掩饰自己在这个世界上的懦弱、无力和苟且，他们确实可以为自己调动很多的话语资源和社会资源，例如，返身历史可以找到“精神创伤”这种精神症候，居于当下则能用“抑郁症”这种生理症候，当然，也能用“中年危机”这样一个较为通俗而又有无限容量来容纳种种托词的名词，毕竟他们真的是“中年男人”啊。但是谁又能清楚呢？小说的结尾，刘晓东对情人说：“今天陪我去医院吧。”或许我们社会的社会中坚、知识精英呈现的种种精神症候是真实的，而这真实是他们与体制和谐共生的结果。只是“刘晓东”们不愿说破，他们的精神症候是社会种种症候的表征，甚至可以说，他们参与、构建了自身与社会的种种症候。所以说，他们无法救人，亦无法自救。这一点确实令人绝望！

五

《所有路的尽头》是集子里的告别篇。大学校友邢志平跳楼身亡，刘晓东为追寻死因，与形形色色的“刘晓东”们进行了交谈。终于，他们可以聚在一起聊聊他们共同经历的“那个时候”了，然而，追寻的结果却令人惶恐而羞愧：邢志平不是“那个时候”典型的“刘晓东”，他游离于“那个时候”的潮流，却始终被潮流裹挟得踉踉跄跄，最终被“那个时候”虚妄的神话所压垮。这是一个巨大的反讽：一个历史潮流之外的无辜的人，却承担了历史的挫败和伤痛，而仅有的那些闪耀的历史时刻却归于继续活着的“刘晓东”们。于是，“刘晓东”们一边缅怀共同的时光，一边剔除尽了关于“那个时候”的意义修辞。路的尽头只能是告别：“这一刻，我的心里没有丝毫感触。不，也许有，我想我是在向照片上那个八十年代致哀和告别。”

当然，我也很清楚路其实远没到尽头，这只是“刘晓东”们暂时的告别，只是片刻的自我安慰。因为，我想起《等深》里病重的父亲对刘晓东吼出的一句话：“你懂什么？我说的声音不是你喊出来的，是你肚子里的！你肚子里的话太多了，早晚会憋死你。”所以，还有很多话“刘晓东”们没有说，还有很多事情“刘晓东”们未面对，他们需要的可能是相对从容地去面对、去思考、去了结一个个问题、一件件事情。在《等深》的结尾，刘晓东说：“兰城被一条大河分了两半，当我从河的南面跨桥走向河的北面时，我只是再一次感觉到了‘度过’的心情。”是的，在“那个时候”和“这个时代”之间，“刘晓东”要多次往返、度过，路远没到尽头……

（原载于《小说评论》2017 年第 3 期）

“世界的一段盲肠”
——从阿乙小说的起点谈起

一

阿乙的第一本小说集《灰故事》中有一段话：

> 公路到达别的县时，还会继续朝前走，去武汉去陕甘宁去罗马，到了我们县却是走到了尽头，走不动了。我们县除了有一家温州发廊，没别的流动人口了，而等到全国人民都不玩呼啦圈时，我们又呼啦啦地玩起来。我们县就是这样，就是世界的一段盲肠。[1]

用“盲肠”做隐喻，完全是阿乙式的风格，生猛、怪异，携带着生理上的刺痛感，却又精确、贴切。盲肠与阑尾、结肠、直肠共同组成了被称为“大肠”的人体器官，功能主要是进一步吸收水分和电解质，形成、贮存和排泄粪便。盲肠是大肠的开端，直肠再往下便是肛门。很显然，故乡是这个世界的信息残渣经过的地方，往前一步便是世界的排泄口，其实也是世界的尽头。阿乙在写作的开端，便为故乡在这个世界上的位置和意义赋形如此，虽不能说可有

[1] 阿乙：《灰故事》，译林出版社2016年版，第116页。《灰故事》收入的是阿乙2006—2008年创作的短篇小说。第一版由上海三联于2008年出版，该书共有三版，三个版本收入的篇目略有调整，此处使用的是最新版。

可无，却意义贫瘠。所以，很多年过去之后，阿乙在最新的小说集《情史失踪者》里依然会说："这里是价值极低的世界尽头。"[1]

正是凭着对这有限经验的反复描绘，阿乙把"贫瘠的意义"或"意义的贫瘠"变成了关于整个世界真相的隐喻。阿乙于有限和局部中窥见整体和无限，他不断地敲打贫瘠、洞穿世界的底部，让意义的泡沫流尽，最终这个世界显现为可用若干关键词来支撑的抽象：

> 无聊。
> 重复。
> 秩序。
> 圈套。
> 囚徒。[2]

意义的减法继续做下去便是："甚至可以更简单点，出生，死亡。"[3] 写作有时可被视为作家探寻真相、发现真理的手段之一，所以最终的世界观都难免抽象，只是有些抽象是繁复的经验和叠加的意义不断提纯的结果，而阿乙的抽象却是稀薄的经验和意义本身。或许正是这一点，让阿乙成为新世纪以来最令人瞩目的作家之一。

二

2017 年，著名时尚杂志《智族 GQ》刊载了一篇长篇报道《作家、病人与父亲的葬礼》，这是目前关于阿乙家庭背景、成长历程及其现状等方面最为详细的报道。报道的部分内容不仅与阿乙在日记、随笔中零零星星提及的个人经历完全相符，如《贫瘠之地》《于

[1] 阿乙：《情史失踪者》，译林出版社2016年版，第194页。

[2] 阿乙：《下面，我该干些什么》，浙江文艺出版社2012年版，第92页。

[3] 同上，第112页。

连》等，而且那篇极具“非虚构”风格的中篇小说《模范青年》涉及叙述者“我”的内容，在这篇报道中得到较为完整的复述。于是，他者的报道、个人自述与虚构之间形成了一种微妙的张力关系：报道与个人自述之间的对应关系，倘若不能完全证明阿乙自叙的个人经历的真实性，那至少能够说明阿乙的自叙具有始终如一的连贯性及其由此带来的相当程度的可信度；正是这种自叙上的连贯性和可信度以及它们与“虚构”的互文关系提醒我们，这里存在着理解阿乙作品的可靠途径。前面提到阿乙的“局部”和“有限”都与此相关，所以在这里有必要对阿乙的经历继续做些简单的描述。

当年阿乙警校毕业后被分配到了乡村派出所，“省——市——县——乡——村……不可能有比村更往下的地方了，世界尽头”。[1]猛然堕入世界的尽头后，他的经历开始反向延伸：“二十一岁时我在洪一乡的山野发恶誓，要去纽约，十二年过去了，我竟然沿着洪一（乡）——瑞昌（县）——郑州（省城）——上海（直辖市）——广州（沿海）——北京（首都）去了那地方。”[2]当然最终还是去了纽约，“2016 年，阿乙受邀参加纽约书展。他真站在了在洪一时希求的世界中心。”[3]在广阔的地理范围内游荡并不必然意味着经历本身的传奇性和复杂性，说到底，以文为生既是阿乙得以出走的动力和资本，也是阿乙逃离故乡后的基本谋生状态。所以，写作与谋生、记忆与疾病这些关键词大致能够概括阿乙的经历。阿乙逃离家乡时，已经二十一岁，这个年纪虽不能说已经形成牢固、完整的世界观，但是在洪一——瑞金——南昌的经历和记忆对他的世界观的形成确实存在着很大的影响，而疾病目前又是其生活中最大的阴影。所以《GQ 智族》用“作家”“病人”“父亲的葬礼”作为话题来报道阿乙还是比较准确的，阿乙“有限的经验”都在这里，它们构成了我们谈论、理解阿乙及其作品的关键词。

[1] 阿乙：《模范青年》，海豚出版社2012年版，第10页。

[2] 同上，第45—46页。

[3] 王琛：《作家、病人与父亲的葬礼》，《智族GQ》2017年第3期。

三

严格说来，个人真实经历进入虚构，确实不是值得大惊小怪的事情，况且还有类似于“写作便是作家的精神自传”之类的简单、粗暴的观念作为支撑。但是，真实经历进入“虚构”的方式和过程，或者说真实经历与虚构形态的区别，确实又是理解作家的关键。

阿乙的逃离、失恋，他的职业经历，他的疾病和写作，父辈的衰老和死亡等经历零零散散地分布在《寡人》和《阳光猛烈，万物显形》这两部随笔集中。而这些经验又较为密集同时也非常精确地出现在小说里。这里的精确并不仅仅是指在素材层面虚构对真实经历的转化，更是指构成虚构的部分细节几乎是原封不动地复制和挪用了真实经历。但是，所谓“精确”只是相对而言。与其他作家相比，把自己的遭遇作为“虚构”的养料，阿乙确实显得更为典型。他人生中的那些重要时刻与“虚构”中关键内容的相似性，确实也为读者的索引式阅读提供了起点和理由。但无论如何，需要明确的是，阿乙的疾病与他的虚构之间的关系，在某种程度上只是他人生的特殊时刻与他特定的创作时期的一种相遇，而非一种绝对的关系。

因为在接下来的讨论中，必然会涉及阿乙的疾病，而疾病不仅事关被讨论对象的隐私，亦涉及讨论者自身的道德问题。在我的阅读范围内，阿乙从未在任何形式的书写中公开直白地谈论自己的疾病，但是我们还是能从一些较为抽象的随笔如《咳嗽演奏会》《痒》等作品中，体会到他所遭受的病痛和折磨，并能够想象到那些与此相关的虚构场景的真实性。我无意在这篇评论中造成一种印象——我在以冷血、客观的口吻去谈论阿乙的疾病，并试图来论证所谓“疾病的隐喻”等相关理论。因此，当我不得不提起阿乙的疾病时，其实是在讨论个人经历与虚构的关系，以及与此相关的小说观、文体意识乃至世界观，同时也在试图描述这些因素的关系和相互影响的过程。

为了方便接下来的讨论，除了《模范青年》这样的典型例子，再列举几个。

《子宫》是关于爷爷的回忆，后来便有了小说《对人世的怀念》。爷爷生前种种难以理解的怪异行为因为披上了“虚构”的外衣而得到了解释：在恐惧和忧伤中，抵抗和等待不可避免的死亡。小说中还提起了另外一起死亡：“二〇一〇年十月，他搭乘便车死于车祸。”而这个细节出自阿乙关于父亲病情的一篇随笔《诗人》中：“二〇一〇年十月，因为堂兄猝死，我赶回老家……”

这篇小说处处弥漫着疾病和死亡的气息。小说的后半部出现大段关于疾病的对话，对话中的信息精确到疾病的名称、症状的细节和医学界对此病的认知水平和治疗方案。很明显，这里投射的是阿乙在现实中关于自身疾病和死亡的恐惧和焦虑。事实上，也正是亲人的陆续亡故和自己身患重疾，催生了阿乙的那部以死亡和疾病为主题的小说，即《虎狼》。阿乙的第二部小说集《鸟看见了我》在2014年发行第三版的时候收录了这篇小说，并注明：“二〇一四年新作”[1]，后来又收录进小说集《情史失踪者》中。而2014年前后，正是阿乙被如“虎狼之势”的疾病突袭的时候。与前述《对人世的怀念》相比，阿乙在叙述过程中的断裂是值得注意的地方。前半部，“我”还在试图用理性、逻辑来抵抗因算命先生的一句话而引发的猝不及防的宿命感；下半部，“我”便开始谈论别人的疾患和死亡。视角并无转化，两件事情似乎也没有牢靠的逻辑联系。如果要弥补两个故事之间的叙事裂缝，可能合理的解释便是：阿乙长久以来相对“稳定”的悲观情绪状态和“习以为常”的现实困境与焦虑如同沉睡的火山，被突然降临的重疾激活，于是“虚构”和“虚构”的具体策略成为必要纾解的手段。接下来，有必要详细解释一下这个问题。

---

[1] 阿乙：《鸟看见了我》，北京十月文艺出版社2014年版。此书在发行第三版时，增添了《虎狼》，删去了《火星》《两生》两部短篇小说。

在自身遭遇疾患之前，亲人接连丧故和他们生时的悲苦，已经让阿乙产生连绵不断的忧虑，担心命运会像生理遗传那般不可抗拒。在 2010 年的一则随笔里，他谈及爷爷死亡：

> 在时间的河流里，永远有一团光明照着三个人，是爷爷、爸爸和我。等我生儿子后，爷爷扑通一声掉进黑洞不复返，等我的儿子生出儿子，爸爸扑通一声掉进黑洞不复返。然后轮到我了。死亡坚决、生硬、粗暴，像是凶恶的判官，蹬掉你抱住他裤脚的手：'滚开！'他这样面无表情地走掉。请我们每个人照死不误。[1]

父亲的疾病发生无疑加强了这种近乎生理遗传的宿命感：

> 我最初看见的公式是：
> 祖父——父亲——我
> 当祖父悄无声息走入黑洞之后，公式变成：
> 父亲——我——我的下辈
> 现在父亲中风，像死神下过请帖，未来我便要站在孤独的前头。没人替我抵挡了。这就像一场杀人游戏，点名点到我头上，排队排到我头上。[2]

于是，当自己真的与疾病、死亡狭路相逢时，平日里被压抑的恐惧和悲观必然会激荡翻腾。因此，与其坐等被吞噬、淹没，倒不如尝试平息、控制。所以，在《虎狼》的前半部，"我"一直在调动各种推理手段如心理学、统计学、地理学等，来消解、证伪、拆穿算命先生的种种伎俩。当根植于内心的宿命感被唤醒的时候，"虚

[1] 阿乙：《死亡》，见《寡人》，重庆大学出版社2011年版。
[2] 阿乙：《阳光猛烈，万物显形》，北京十月文艺出版社2015年版，第264页。

构”一场祛魅的场景，便是挣脱和反抗，也是自我疏导和自我拯救的一种手段。

但是终究还是要面对已在现实中降临的疾病和死亡的威胁。于是，下半部便成了一个直面疾病和死亡的故事。叙述者依然是“我”，而疾病和死亡的当事人已变成了一个叫作“俊峰”的他者。微妙之处在于，上半部的“我”尚是一种限制性视角，只能谈论“我”视线之内的经验，而下半部的“我”已经是全知全能的视角，俨然是在观察一场与己无关的由疾病所导致的死亡事件。若要弥合两个“我”之间的叙述断裂，大概只有一种途径能够实现，即把上半部的“我”进行“他者化”，在下半部，“我”方能以“他者”的眼光去重新审视自身的遭遇。

在一篇关于父亲的病的随笔里，阿乙曾写下这样的话：

> 有两句关切的话将我击垮至今：
>
> 大姐：“你要注意身体啊，你的体质和爸爸一样。”
>
> 母亲：“你可要注意身体，你看医院里比你年轻的，也有中风的。”
>
> 中风可能有遗传性。上上一代挑中的是祖母的哥哥，上一代挑中的是父亲，下一代可能是体质和生活习惯类似的我。我就像看见自己也躺在那里，像奄奄一息的兽。[1]

而类似的对话和场景在“虚构”中浮现：

> 她无时无刻不在战栗。在血亲接踵而至地死亡后，她继承下他们的遗产：脑溢血的种子、急剧消瘦以及急性精神病的种子。
>
> ……

[1] 阿乙：《阳光猛烈，万物显形》，北京十月文艺出版社2015年版，第264页。

> “像你这样年纪的，得的多了，医院到处是，你没看到吗？”今天，当妈妈的这样恐吓女儿，以警示她的不能及时到来。接着她又咬牙切齿地说：“你要是早些中风才好啊，你这样不疼你的哥哥，你哥完全是因为你们的懒惰与疏忽才得的这绝症啊。”[1]

这里的叙事动力和虚构策略并不复杂：倘若无法对抗和逃避宿命，那就顺着宿命所指示的运行逻辑去推演事情的进程。我想，大概是因为精神和身体的双重煎熬，阿乙需要通过虚构来完成一场关于死亡的预演。大概也只有尽量保持距离，他才能相对“从容”地去想象、描述疾病与死亡的发生、过程和结果，同时把与此相关的种种因素和情境推演到极致。无疑，阿乙试图在极端状态下完成自身遭遇的审视，这种自我审视是双重的。在文本内，是阿乙在形式、叙述和想象力等方面“虚构”死亡和疾病这个主题的极端尝试；在现实中，则是阿乙对自身精神向度及其承受力的高强度拷问。事实上，这些分析依然不能让有些疑问得到清晰的回答。当阿乙透过全知全能的“上帝视角”去谈论生死时，那些惨烈而具体的人间景象，真的有助于他直面宿命并实现对宿命的超脱吗？又或，那些细微而精确的痛感呈现和病情描述，真的有助于对抗焦虑和恐惧并从中获得片刻的安慰吗？最大的可能会不会是这个与自身遭遇密切相关的“虚构”，其实是再次强化那个已然很悲观的世界观，这个世界的意义真的极其贫瘠。就像小说快要结尾时的一段话：“俊峰把剩下的日子过完，按时死了。”[2]“按时”两个字惊悚而刺目，无法让人视而不见。小说似乎回到了起点，“虚构”在这里成为关于“宿命”的论证，而这“宿命”既是“我”在上半部小说中所一直试图规避的，又与“虚构”之外的阿乙的遭遇和心态存在着密切的互文

---

[1] 阿乙：《情史失踪者》，译林出版社2016年版，第145页。

[2] 同上，第167页。

关系。于是，现实与虚构之间既产生了紧张的张力关系，又有了界限模糊的暧昧。

这种紧张关系大概源于我们依靠理性和知识所建立起的关于事物区别（包括不同文体之间的意义、边界的区分）的认知体系，正如我在阅读阿乙的作品时，会自觉地区分虚构与现实、小说与随笔之间的边界。但是又因为阿乙把自己经历中的那些重要时刻过于精确地投射进了“虚构”中，又难免有内容同构性导致边界消失的嫌疑。此时的阿乙更像是个走钢丝的高手，他用颤颤巍巍而又全神贯注的行走姿态去提醒界限、分野的存在，而微妙之处是，当小说结束的时候，便会发现文本内外意义的水分迅速被抽干：现实的逻辑无非是从“祖父——父亲——我”到“父亲——我——我的下辈”，文本内的意义是从“你爷爷是不是艾政加？”[1]到“俊峰把剩下的日子过完，按时死了”，结论早就矗立在尽头，过程完全可以被省略。由此会产生一种印象，阿乙处心积虑地“虚构”，只是为了让大家注意到那根悬挂在高空的钢索，它像是关于这个世界真相显豁而惊悚的隐喻，意义直白而抽象。它横亘在世界的起点和尽头，除了走过去，别无选择。

此处需要补充一个例证，用他者的眼光来审视自己的经历，对阿乙来说已经不是第一次了。在《模范青年》中，阿乙曾描述过一个沉痛的离别场景，那是阿乙最终决定离开家乡的时候。阿乙曾经用第三者的口吻原封不动地复述过，那篇随笔的名字就叫《讲述》。这大概也是阿乙的一种写作习惯，他总是试图把自身的经历他者化，拉开距离进行审视，由此，便形成一种阿乙式的写作风格：当他在描述自身的时候，其实是在凝视这个世界，或者说，他用谈论自身经历的方式来表达他对这个世界的看法，甚至可以说，他用自身的经历去论证、解释他对这个世界的观点，而他对这个世界的

[1] 阿乙：《情史失踪者》，译林出版社2016年版，第118页。

基本看法又在很大程度上来源于他的经历。意义在经历、虚构和世界观之间来回涤荡，最后以贫瘠而刺目的抽象呈现出来。这大约是进入阿乙小说世界的一种路径，行走于其中，也能窥见阿乙的小说观和文体意识。

四

阿乙早年写过一篇名为《少年》的随笔，大概是对其年少时光记忆碎片的重拾。十三四岁的年纪，却满眼皆是黯淡、凋敝的景象，一眼就能望到死亡的苍老气息围绕四周。我想这大概也是阿乙一心要逃离的原因之一。类似的随笔后来结集成书，在这本书的封底，阿乙写道："这本书汇聚的是我近年的一些随笔，或者说小叙事……相比小说，这些文章更像是心血，而不仅仅是一件出售的产品。"[1] 很显然，阿乙认为这些都是与小说有所区别的文字。后来《灰故事》再版[2]时增加了一篇名为《毕生之始》的小说，与随笔《少年》差别只有标题。在我看来，标题的修改和文体的挪移，并非是所谓的投机取巧或常识层面的混乱，这里恰恰蕴含着阿乙独特的文体意识和小说观。

阿乙曾羡慕过那些人生经历丰富的大师们，如其所言："你并不是巴别尔、陀思妥耶夫斯基，简直只需要从自己大把的经历里择取一点写就可以了。你暂时还不是他们，或者永远不是。"[3] 意识到写作资源的差别后，阿乙几乎所有的写作都在贯彻一个原则，即反复书写有限的经验。因此可以说，阿乙以故乡及其相关的记忆作为写作的主要资源，是经过清醒的自我审视的。与此同时，阿乙也

[1] 阿乙：《寡人》，重庆大学出版社2011年版。

[2] 《灰故事》第一版在2008年由上海三联出版。第二版由重庆大学出版社在2013年出版，再版时，删去首版中的《拉小提琴的大人》《一个乡村作家的死亡》《证件》三篇，增加《毕生之始》《下沉村的童话》两篇。第三版由译林出版社在2016年出版，篇目与第二版相同。

[3] 阿乙：《阳光猛烈，万物显形》，北京十月文艺出版社2015年版，第281页。

谈到他最早接受的小说合法性教育是："写作者在设定叙述人时，一定要让他具有那种在场或参入的条件，一定要让他具备知晓的资格。"[1] 如果把这两句话分别理解为阿乙对"资源"和"技术"的理解，那么两者的碰撞便成了阿乙的"有意味的形式"的起源。

"在场""参入"表面上看是对修辞、技艺的要求，但是技术问题与自身经历的相遇会把写作往两个维度推进。就横向层面而言，因为是呈现与自身经历相关的经验，所以充分的在场感和参与度所带来的叙事张力会在无形中消弭"虚构"与"纪实"之间的边界。事实上，在这种情况下，意义呈现只与"写作"行为和表达意愿相关，而与文类区分无关，更何况很多时候文类区分只是相对而言，或为了讨论方便，本就没有绝对意义。这就是何以上述提及的《少年》与《毕生之始》让文体区分徒有其表，对意义理解丝毫没有影响。而阿乙确实也属于那种通过书写自身经历去丈量世界的那种作家，如其袒露的那样："我总是拿命来迎接、经受这个世界，毫无保留。"[2] 这就涉及写作的另一个维度：当一个作家反复凝视自身经历时，便意味着意义向纵深处挖掘，意义的枝蔓在这个过程中不断被修剪，渐渐显出抽象的意味，简单说来，便是在自身的经历中窥见世界的真相，正如前面引用的那句话的后面还紧跟着另外一句话："但它最终还是将我放逐进更深的孤独。"[3] 总而言之，执着、耐心地书写个人经验，世界景观及其意义便在"虚构"中逐渐凸现出来。或者说，这是个以"虚构"为中介，个人经验与世界观反复碰撞、修订、互证的过程。

事实上，当阿乙一旦形成较为稳固的世界观时，也势必会影响到他处理那些与自己关系不甚密切的经验时的态度。提起这个问题，并不是为了对阿乙的世界观进行价值判断，只是换个角度来进一步理解他的小说观念及其相关技艺，当然这观念、技艺与世界观

[1] 阿乙：《阳光猛烈，万物显形》，北京十月文艺出版社2015年版，第282页。

[2] 阿乙：《寡人》，重庆大学出版社2011年版，封底。

[3] 阿乙：《寡人》，重庆大学出版社2011年版，封底。

密切相关。

阿乙曾在一篇随笔中写道："沙漠太抽象了，需要几具干尸使他具体。"[1] 我以为这句话可以成为阿乙小说观及其技艺的某种隐喻。正是因为阿乙看到了世界意义的贫瘠，所以他需要用丰富的材料和感性的形式去引导别人看到、理解这种真相，正如利用干尸去引导人们去理解沙漠。于是，我们便看到了很多惊悚的故事。《意外杀人事件》《情人节爆炸案》《阁楼》《杨村的一则诅咒》《午后》，还有那部倾注了阿乙巨大心血的长篇小说《下面，我该干些什么》。如果不是阿乙自己提及，我们可能意识不到这些小说大多源于新闻素材。阿乙仿佛一眼就看穿了事情的本质，他调动了丰富的想象力，设计了繁复的细节，以冷静乃至冷血的语调将其还原为血肉丰满的故事。我们沉浸其中，不知不觉被引向"世界的尽头"，并目睹了真相——"所有人都是浮尸，寄生于无法结束的时间里。"[2]

（原载于《当代作家评论》2017 年第 3 期）

[1] 阿乙：《行者》，《寡人》，重庆大学出版社2011年版。

[2] 阿乙：《阳光猛烈，万物显形》，北京十月文艺出版社2015年版，第48页。

“70 后”作家的评价问题
——以黄咏梅的小说为例

一、不可靠的命名

诸多涉及“70 后”作家整体描述的文章，总不免要对“70 后”这个作家代际概念进行一番检讨，以至于这种检讨也像是一种例行公事的免责声明：

> 事实上，“70 后”作家用他们的方式仍然创作了许多新鲜而独特的各式小说。当总体性溃败之后，用‘代际’概念来表达创作的差异也许本身就是一个错误，但文学批评就是这样，虽然是临时性概念，但要试图对之进行有效阐释时由不得不用之，而它的通约性也为我们提供了讨论问题的方便和可能。[1]

以上这段话出自黄咏梅的小说集《少爷威威》的序言，这篇序言是孟繁华、张清华为“身份共同体·70 后作家大系”所作的总序。在我看来，我们亲手制造了不可靠的命名，却成为钳制自己的枷锁，因此有必要进一步澄清这篇序言涉及的一些事实，如此方能走出自

[1] 孟繁华、张清华：《〈少爷威威〉总序》，山东文艺出版社2014年版第1—2页。另，本文中所提及的作品，除了专门标注出处的，均来自黄咏梅的两部小说集《少爷威威》（山东文艺出版社2014年版）和《隐身登录》（花城出版社2010年版）。

我预设、自我论证的批评困境，这困境多少有点儿“为赋新词强说愁”的意思。

首先，“70 后”这个概念除了能够囊括进一批出生于 1970 年到 1979 年的作家，迄今为止，它无法解释整合这批作家的意义何在。换而言之，这个概念除了能够充当作家的年龄标签，它无法提供“文学证据”来说明整合的必要性。预设作家的出生时间、成长经历与历史进程的同构关系，固然不能算是谬误，但是作家对这种同构关系的认同、回避、拒绝的自觉意识和无意识，以及在具体写作过程中对兴趣、经验的选择和侧重则是更为复杂的事情。因此，强行用批评中实证、还原等思路去处理“虚构”本身的开放性、复杂性，便难免尴尬和窘迫。

其次，一次次自我辩解后继续使用这样的概念，大概还因为具体的批评实践中难以割舍的“文学史情结”。严格说来，历史现场批评实践所提供的信息与判断确实构成了文学史书写的第一手材料，无非是因为这种文学史思路假设历史现场的具体反应代表了某种鲜活、真实、可信赖的态度。而当下的批评实践却往往是本末倒置的，不知是历史意识过于沉重，还是鬼迷心窍般以为现场的具体评价可直接取代文学史判断，于是在批评实践中难免会出现一种刻意为之的迷误，即刻意消减、抹平纷繁的现象和个体的差异性，代之以抽象、笼统的结论，以为如此就可以把具体的判断连同评论对象直接送进文学史殿堂。惯常的操作手段，无非是把物理时间及其在这些时间内发生的那些转瞬即逝的现象迅速历史化，完全无视文学批评的核心意义，即精细的微观研究与价值判断之间的平衡。任由不恰当的历史意识泛滥，以取消文学批评和文学史书写之间的距离和差别，其实是批评实践中极其短视的行为。

再者，文学评价中的等级制。哪怕把当代文学的发生延长至 1942 年，所谓的当代文学史也不过七十余年的时间。抛开意识形态因素，在名目众多的文学史教材和专著中，能够取得共识性评价的大约就是一批成长、成名于 1980 年代中期至 1990 年代中期的作家。无疑，这些作家便构成了当代文学的“经典序列”。我无意在这个经典序列中增添或移除若干名字，只是试图挑明被这个经典序列所掩盖的一些事实。这批作家被纳入经典序列的过程，伴生着另外一个过程，即与这些作家同时成长、成名的批评家（或曰历史见证者）成长为历史叙述者的过程。换而言之，如今身兼文学批评家和文学史家身份的他们规定了当前文学史的叙述框架、评价标准和准入门槛，更重要的是，他们还制造了当前文学批评的话语方式、评价机制和批评生态。所以，经典序列的形成便是知识、权力、话语相互作用、建构文化资本的过程。而维护文化资本的权威性和有效运转，最稳妥的方式便是，把异质或叛逆因素纳入评价机制，并以年龄、资历来标示他们在评价机制中的价值等级。这里充满了意味深长的收编与维稳意味。比如，另一个充满争议的代际概念“80后”就经历了从污名化到不得不正视的意义转变过程。事实上，也是稍后的时候，1970 年代出生的作家们才有了一个多少显得敷衍的集体性称谓，随后，原有的经典序列里的作家们也被代之以“50后”“60 后”这样的称呼。由此，现有评价机制中的等级关系也逐渐明显起来，即表面上看是为了描述方便，而以年龄大致圈定作家群体，内里却是以资历彻底固化文学评价机制内部的价值等级。我并非执意要把个别所谓“70 后”“80 后”作家送进现有的经典序列，只是想在现有评价机制中恢复一些常识：写作固然是一项需要长期磨炼的技艺，但是优秀作品的产生却并不一定与年龄相关。与其预设作家代际的文学史价值问题，倒不如直面具体的文本进入微观研究，然后其他事情才有可能。

二、历史去哪儿了？

在谈论黄咏梅的小说之前，貌似说了许多与她无关的话，但是在我看来，这是极其必要的。因为，在罗列所谓“70 后”作家名单时，黄咏梅是必不可少的一位。与她这个年龄段的一些优秀作家的遭遇一样，在具体谈论她的作品之前，我们已经被“70 后”这个概念所携带的价值误区干扰得太多。所以，不澄清一些事实，更为具体的讨论将难以继续。

严格说来，当下的文学批评与创作是两套不同话语系统和思维方式，两者在沟通和理解上难免错位。但是，有效的评论往往于错位中呈现洞见，而有些错位成为谬误却是因为“细察”的缺失。在诸多的错位中，两个行当在文学公共性的问题上的分歧是根深蒂固的。自从文学批评从“审美”转向“审美意识形态”，便开始偏爱在文本中寻找政治、经济、文化等大历史因素留下的蛛丝马迹。文学批评作为对文本的再阐释、再创作，这种思路和倾向作为一种方法，本身并不是问题。问题在于大历史痕迹的有无并不是判断创作优劣的唯一标准，甚至不是重要标准。设若批评与创作在大历史的关切上还有沟通的必要和可能，那么，文学批评就需要设立必要的前提：一是“虚构”面对大历史时所呈现的复杂性，必须成为文学批评首先要考量的因素；二是把任何与历史虚无主义相关的定论和定性都视为反思批评自身是否失责的一面镜子。例如，前述的序言里有这样一句话：“没有精神和历史依傍的创作是非常困难的。”黄咏梅的部分小说恰恰让类似的结论显得无比窘迫。

《小姨》是黄咏梅小说中最精彩的篇章之一。家长里短中最常见的话题之一便是未嫁大龄女青年，黄咏梅正是这样开始讲述一个与庸常生活相关的故事。随着叙述的展开，烟火气逐渐退去，小姨日常生活场景纹理中的一道道历史的伤痕逐渐被辨识出来。它们若隐若现，不动声色，直到小姨组织小区业主维权时，它们才以一种歇斯底里的方式呈现出来：

> 我的小姨，正裸露着上身，举手向天空，两只干瘦的乳房挂在两排明显的肋骨之间，如同钢铁焊接般纹丝不动。在这寂静中，她满眼望去，看到的，都是那些绝望的记忆，那些如同失恋般绝望的伤痛，几秒钟就到来了，如高潮一般，战栗地从她每一个毛孔绽放！

我站在人群中，跟那些抬头仰望的人一起。我被这个滑稽的小丑一般的小姨吓哭了。

小姨在小区花坛上的振臂一呼，无疑是一个历史囚徒在现实困境中的自我崇高、自我想象，这是真真切切的历史招魂，只不过在旁观者的眼中，这是一个世俗生活的失败者的疯狂表演。于是，癫狂与沉重、滑稽与庄严、惊悚和悲悯等种种意味，在一具衰老的肉体和一个夸张的姿势中相互碰撞、彼此消解。事实上，这是一个极具戏剧性张力的反讽时刻。两个时代的类似的历史景象重叠，记忆中的“广场”与小区里的“花坛”及其各自承载的意义在这个场景中并置、错位、彼此成全而又相互排斥：年轻时代的理想主义与人到中年时的维权一脉相承，公权的溃败与私权的丧失相互印证，激情年代与和谐社会又在彼此嘲讽……此刻，价值判断和历史态度已经不再重要，重要的是，世俗生活场景背后的历史纵深感被呈现出来。或许，我们习惯于“虚构”中看到被大历史碾压、操控的悲欢离合，却不曾细察历史如何不动声色地形塑日常生活的状态、情感和细节。用这个时代极其常见的庸常场景捕捉历史的蛛丝马迹，正是黄咏梅的深刻之处。

如果说《小姨》讨论的是历史对日常生活和个体生命的规训关系，那么《达人》则是直接定义了日常状态的历史境遇，这亦是传达历史意识的一种方式。整体说来，这是一个在各种话语缺失、精神资源破产的时代里，普罗大众进行自我拯救的故事。黄咏梅的叙述语调诙谐而克制，但却在细节的步步铺陈中定义、隐喻了这个时代的精神状况和历史境遇。

“达人”是印刷厂工人，下岗后在菜市场做搬运工，因迷恋《射雕英雄传》，执意把户口上的名字改为丘处机。这样的描述像是一则坊间奇闻逸事的开头，极其适合充当装点庸常生活的谈资。但实际的情形有些寡淡，丘处机并没有表现出更多的奇怪的言行举止，一天的劳累之后，最大的享受便是一遍遍翻阅那些武侠小说。

很显然，这是一个在武侠世界获得精神自洽的人。这种精神状态倒是一种有意味的形式，表面上看是一个人在兴趣和日常之间的完美平衡，事实上却是关于普罗大众生存境况和精神状态的隐喻。清晰地理解这个隐喻，需要设立两个前提。首先，有必要回避一下精英视角下的大众文化批判。“白日梦”也好，“虚假的意识形态”也罢，这些文化批判的论调至今停留在学术话语系统中运转，介入现实语境的能力极其微弱。其次，还要辨识出文本中一处非常关键的细节。政府大楼盖在居民区旁边：“石井街上连着盖起了几幢气派的小楼，牌子一掀开，人们惊叫起来，喔唷，原来政府就在我们身边哪！”这样的反应充满反讽之意，人们大概只有在神秘之物变得触手可及的时候才会如此。接下来的事情却是，街区的秩序并没有因此变得更加美好：“自从这些政府部门落脚到石井街之后，这条街就没那么太平了……”我不认为，黄咏梅是想通过这个细节去批判或暴露什么，但是这样的细节确实呈现了一种历史真实：在学术批判话语或者说精英话语介入现实无力的同时，政治话语或者说意识形态在整合现实秩序、形塑集体意识等层面亦显得孱弱。

所以，在这两个前提下，重新审视流行文化与现实世界之间的关系，就能理解前述提及的隐喻的含义。就当前的历史语境而言，在精英文化干预能力和政治实践皆难以有效地整合现实秩序的时候，与其老调重弹地谈论大众文化如何迎合、蒙蔽世俗社会，进而隐藏资本与权力的关系，或者痛心疾首地说些重申启蒙的行话、套话，倒不如直面真实的历史困境：在其他精神资源和话语权力严重缺失的情况下，世俗社会拥抱大众文化是不得已而为之的选择，甚至可以说，这是一种主动选择的自我拯救和自我塑造的道路。毕竟流行文化还能以易接受的方式提供公正、公平的价值观及其实现路径，甚至是个体的价值感和荣誉感。问题不在于这些虚幻的海市蜃楼如何成为缓解世俗社会焦虑的渠道，而在于它们可能会成为干预现实的力量。事实上，在接下来的故事中，丘处机的行为果然证实了这一点。他决定出手帮助那几个在社保局门口静坐的老人了。

不得不说，此时再冷静克制的叙述、再诙谐的调侃和自我解嘲，也难以掩藏这样的救助/自救行为所散发的历史讽喻感和时代的疼痛感，这些感受突破文本边界，为我们生活的时代写下了定义的开头。

很显然，黄咏梅并没有让这个故事滑入现代绿林好汉的故事模式。丘处机为民请命的社会正义感和使命感很快耗散在官僚体系的迷宫中，而当他的个人生活陷入困顿时，他又遭遇了现实世界运转的核心秘密，即潜规则。官僚体系的失效与潜规则的制度化互为表里，黄咏梅对这个时代的定义又往前推进了一步。

不难想象，在接下来的故事进展中，丘处机除了彻底服膺潜规则的威权，将别无选择。所以当丘处机重新奔走在大街上时，他的幸福生活里再也没有出现“武侠”二字。当这个时代彻底地排除了流行文化中微弱的干预现实的可能性时，也便意味着这个时代中无依无靠的普罗大众仅存的精神栖息之地和微乎其微的自我拯救的可能性烟消云散了。伴随着绝望的是巨大的嘲讽，当精英话语还在纸上谈兵、自我崇高的时候，当政治话语干涉现实无力却在警觉流行文化中所谓的不安全因素的时候，现实世界已经以其自身的运转逻辑宣布了流行文化的破产，哪里还轮得到精英话语和政治话语杞人忧天？

此外，有一个细节还需要被提及。当我们谈论精英话语缺席的时候，其实还是对精英话语介入现实抱有微茫的希望的。但是黄咏梅却用一个细节提醒我们，精英文化一直在场，只不过是以另一种方式在参与这个时代的建构，即成为润滑潜规则的养料：

> 赞助出这本书的人，是越城的支柱产业——越城制药集团的老总，他找到越城大学研究古典文学的叶教授要求编这本书……叶教授接下这一笔大生意，如临大敌，比做一个重大的科研课题还费心思，他从《金瓶梅》《如意君传》《肉蒲团》《痴婆子传》等明清著名的禁书中，精选了艳情刺激的章节……叶教授给这本“奇书”起了

> 个很是庄重的名字《明清传奇》。那制药集团的老总说了，纸张要用最好的，开本不要太大，最好是便携型的……因为这书并不是要拿到市场出售，而是小范围赠阅……叶教授一听之下，顿时感到自己责任重大。……恐防别人看不懂，还需叶教授在每一节后，用今人口语进行逐节翻译、解释。
>
> 《明清传奇》最终选定用高级蒙肯纸。每一页轻如蝉翼，色泽柔和，与木浆原色相近，手感软润，字符印在上边，犹如印在绢布上，朴素雅致。而那一幅幅彩色春宫图，镶嵌在文字当中……
>
> 叶教授从包里掏出两本书，指着其中的一本黑皮书说，要做成这样的开本、这样的封面。……而另外一本是《论语》，一本毛边书。那老总的意思是，外部包装要像《圣经》，内页要像《论语》。……

我不厌其烦地摘抄，只是为了表明，精英文化的破产在这个时代已经普通得像是日常琐事。只是当《明清传奇》被丘处机用来疏通潜规则造成障碍，精英文化竟以这样一种方式帮助了普罗大众时，其中的荒诞性才爆发出来。

所以，表面上看，《达人》看似一个冷静、诙谐的庸常故事，却以种种日常细节完成了对时代景观的整体描摹和定义，骨子里布满黑暗和绝望，以至于到了结尾，作者也不知道该如何结束这个故事：

> 如今丘处机开着他的“长春子号”，在石井街上跑运输，政府也不会对他怎么样，睁只眼闭只眼让他过去了。
>
> ……（丘处机）两只手从车把手上一松，平摊向两侧，做成两只翅膀状，拖斗后那红白蓝三色顶棚，随着速度加快，在风中一起一伏。孩子们从后面看去，丘处机和

他的“长春子号”像在模仿电影里那个披着披风的超人，
似乎随时都有离开地面飞起来的可能。

“超人”，又一个大众文化的符号，凌驾于物理规律和现实秩序之上的“神”，是现代社会期待奇迹降临的幻想产物。他不远万里从西方来到中国，哪怕与“长春子”（丘处机的道号）联手，又能怎样……

三、日常生活的合法性

批评“70后”作家历史意识淡薄，无疑会涉及另一个问题，即日常生活的合法性。这两个方面其实是一个问题的两种角度。前文中，我已经不断地强调了两个问题：日常生活与历史景观并不总是相互排斥，出色的日常描绘往往会让历史显形；有些日常景观的描摹，其实就是在对时代的精神状态进行定义、赋形，其行为本身就携带着深刻的历史意识。但是日常生活与历史关系，需要在阅读与批评中进行仔细辨认。黄咏梅已经出色地做到了这一点，如果依然要把历史虚无主义的帽子扣在许多如她一样优秀的作家的头上，那么批评本身需要进一步被反思和检讨。

由此，衍生的一个问题便是，日常生活的合法性是否一定要依凭历史这个庞然大物才能获得。新世纪的前十年，是所谓“70后”作家们逐步成长为文坛中坚力量的十年。对于有十年情结的中国文坛来说，难免会在这样的物理时间的节点上做些“历史总结”类文章。张莉的《在逃脱处落网——论70后出生小说家的创作》是较有代表性的一篇，她对与她同处一个年龄段的代表性作家在整体上的“历史背景的模糊，热衷书写日常生活”[1]提出了批评。黄咏梅亦在这份名单上。恰巧这一年，黄咏梅出版了她的另一部小说集

[1] 张莉：《在逃脱处落网——论70后出生小说家的创作》，《扬子江评论》2010年第1期。

《隐身登录》。

张莉的批评颇具代表性，据中国知网的统计，截至2017年3月19日，这篇文章至少被引用了十八次。这篇文章的核心观点是：

> 六十年代小说家是以个人主义的姿态成功使中国文学逃脱了一种政治意义形态严重的生存状况，七十年代出生的小说家的个人姿态便显得暧昧不清，毕竟在他们的创作语境里，“个人”与自我并没有先前新生代小说家所面对的场域。当年，我们的个人化面对的是僵化的意识形态，今天我们面对的是金钱意识形态。从那一张意识形态的大网成功逃出的小说家们，不期然落进了这一张网——无边无际的金钱意识形态的网，这张网鼓励我们每个人成为消费的个体，互无关系的个体，它钝化、平庸化我们的触觉与感受力，影响我们对世界复杂性的认识，影响我们对世界的深度与广度的认识，这样的文学，正是无所不在的金钱社会意识形态所欢迎的。这个意识形态鼓励你成为消费自由的个人，并用一种生活的安逸目标来潜移默化地腐蚀我们作为个人的那部分公共意识。那么，当我们在书写中迷恋物质生活，强调作为物质个人的那部分自由和安逸时，是不是有可能忽略或遗忘了对精神性的追求？而这种忽略和遗忘是不是已然如这个金钱意识形态所愿，逐渐成为它的一部分？

简而言之，张莉认为这代作家安于“美好日常生活的建构与‘合时宜’的书写”，所以，在她看来，“一代作家遇到了问题”。无疑，张莉的批评角度是延续了王德威所言的“感时忧国”的传统。面对这个传统，包括黄咏梅在内的“70后”作家所侧重的日常生活的合法性必然受到质疑。因此，有必要在张莉的批评所涉及的文学史时段内，重新讨论一些问题。

“日常生活”成为一个必须面对的问题，其实是1980年代思想文化运动的副产品。理想主义的挫败，迫使作家视线向下，发现了“柴米油盐，吃喝拉撒”的意义，史称“新写实小说”。而孕育其中的灰色语调，本身就是一种历史的回声，或者说反抗历史的一种方式。我无意赞扬这场失败，但是历史的溃败，确实迫使包括作家在内的精英知识分子重新反省自身的立场和观念，而日常生活的力量和日常经验的重要性恰恰构成了必要的参照系。1990年代以来，市场经济的制度化、市民社会的形成、阶层分化及其诉求的多元性，无一不在提醒社会经验的复杂性和总体性描述的失效。由此，肇始于新写实的个人化视角的观察和日常经验的具体描摹就显得极其重要。因为，经验的庞杂、繁复意味着多种诉求和生存状态的存在。对具体经验的尊重、辨识，看到不同经验间的区别和冲突，是认识当前时代复杂性的开始，由此，重申文学的公共性才有可能。

张莉用“金钱意识形态”来定义当前的时代，其实也是对当前市场经济的一种判断，其中的偏颇需要得到纠正。就市场的本义和程序来说，它是允许不同的事物在其中对峙和竞争的。在隐喻意义上来描述市场与个体的关系时，更应该注意到，它在程序上从来不会剥夺个体经验及其诉求的权利。所以，在这里有必要谈及“市场”的中国特色。事实上，在国家资本主义所主导的市场秩序中，国家权力无限扩张，不可避免地对一些个体和群体的利益、诉求造成挤压。由此，在公共领域的交锋中，国家意志也势必要挤压、排斥带有差异性色彩的个体、群体的意见的表达空间。在这样的语境中，个体言说的权利将何处安放？答案是，在以“虚构”为名的文学中。坦率地说，个人化的经验、表达和日常生活的呈现并不只是为了抵抗历史同质化，还在于为我们栖息的时代保存一些丰富的信息，为无数在时代生活过的鲜活的个体留下证据。

黄咏梅的《负一层》便呈现了这样的企图。阿甘在一家公司的负一层停车场工作了十几年，几乎没有人觉察到她的存在，直到有一天她跳楼自杀，公司的人才知道她存在。黄咏梅记录、赋形了这个没人在意的生命个体——还给她性别和姓名，赋予她心思、欲望、快乐和痛苦。至于黄咏梅是否要讲述一个底层与控诉的故事，我不得而知。我看到的是，她通过日常生活的描摹把个体从“匿名”的状态中拯救出来，生命鲜活，诉求明确。

《隐身登录》亦是黄咏梅的代表作。主人公患有癫痫疯，所以每次发病之后，她都要记录被“偷停的时间”。这就像社交软件里的“隐身登录”。“隐身登录”状态在他者的眼中意味着消失，意味着不存在。所以，正如小说里主人公做的那样，她喜欢想象、探寻每个 ID 背后的故事，因为这些 ID 背后都是鲜活的生命个体，而这些个体又连着自身的生命、疼痛和欲望。这里面的隐喻意味深长，社交媒体改变了这个时代的交往方式，“隐身登录”既是隐藏自我、保护自身的一种方式，同时也意味着退出交流、断绝联系，极端情况下便是身份和肉体的消失。而当我们的写作不再关心日常生活和具体经验的时候，便会发现大历史轰轰隆隆碾压过这个时代之后，每个人都将被迫“隐身”，成为大数据时代的一个同质化的数字，冰冷的基数。

多年之后，我们重新翻阅这些作品时，便会愈发清楚地看到，黄咏梅和她的同代人一直在用写作抵制意识形态之网的诱捕和编码，让日常生活的光辉映照出周边世界的阴影，用灰烬的化石提醒历史车轮的颠簸。

（原载于《新文学评论》2017 年第 2 期）

李宏伟：
“写作本身不就是妄念一执？”

在《而阅读者不知所终》（《人民文学》2016 年第 9 期）中，李宏伟不仅虚构了一本书，而且虚构了一群读者对这本书的阅读及其对作者的猜测和追寻，紧随其后的还有书中人物与书的作者的对话。无疑，这又是一次关于虚构的虚构，或者是虚构与虚构的叠加、指认或拆解。这里不仅有极具辨识度的李宏伟式的小说写作模式，而且对于熟悉李宏伟作品的人来说，还可以把小说中那些观念、情境、片段的冲突、辩驳甚至是相互证伪，视为他的小说观的复杂的呈现方式。李宏伟不是那种相信具体经验可以直接呈现的小说家，他不信任语言与具体经验之间的对应关系，并曾使用“切割”这个看上去笨拙、蛮横的词语来嘲讽那种关于“虚构”与“现实”的僵化理解。哪怕是涉及自身较为确信的某些观念，他也要设置复杂的情境和缠绕的语言，让其犹犹豫豫地显形。这种不确定的姿态和形式，大概是与作家智识的复杂、语言的绵密以及想象力的境界相关的。所以，若将《而阅读者不知所终》视为作者某种程度上的夫子之道，尝试梳理出清晰的观念图景可能是困难的，倒不如先截取某个片段，从小小的缺口开始去逐步探索李宏伟的虚构世界。

> 狂妄也好，虚妄也好，写作本身不就是妄执一念、自以为是吗？念头生发的一瞬间当然是重要的，也可以说是最重要的，可是我们是人，不是神，不能凭一个念头、一句话来创世，对吗？把念头付诸实现，把构想落实到纸上，这自然是对在那一瞬间所念想的世界的损耗，从起念到完成作品，也必然是对纯粹的大脑中的世界的降格，多层次多等级的降格，可这不正是人的宿命，不也正是写作者的宿命吗？说到底，哪个写作者能够把脑子里生发的念头拿出来，可以把大脑里的世界敞开来，供他人出入、参详呢？写作不就是这种敞开吗？作为人，作为必死的凡人，如果认为只需要念头的生发，以为起念就能逼近伟大，就是完成，这才是最大的妄念吧。这还不仅仅是妄念，这是僭越，对神的虚假想象，然后再凭虚假想象来代替神，取代神的位置。

这段话来自那本虚构之书的“作者”关于写作稍显激动的辩护。写作的极端困境被揭示出来。除了依凭文字，观念无法显形。然而，在它被呈现、认识的那一刻，则意味着真相的降格和意义的亏损。于是，文字成为罪魁祸首，写作变得面目可憎。问题的另一面在于，只要真相和意义对人类还有诱惑，文字依然是抵抗宿命、实现僭越的唯一方式。只是文字本身，或词与物之间的关系需要重新得到检讨。

《哈瓦那超级市场》(《西部》2013 年第 4 期)是个有趣的尝试。“哈瓦那”也好，“超级市场”也罢，都携带着约定俗成的意义和较为固定的对应事物，但是惯例并不意味着真相，也可能意味着对于真相的偏离和掩盖。所以，寻找“哈瓦那市场”的过程变得曲折艰辛。谜底揭晓的那一刻，我们惊讶地发现“哈瓦那超级市场”其实只是一个普通社区的小超市的名字。这种掺杂着震惊和荒诞的感觉，并非是作者故弄玄虚的“虚构”策略所激发的，而是词与物僵硬的对应关系被松动的结果，关系断裂之处填满的是我们自身的狭隘的自信和懒惰的认知。所以，关于真相和意义的盲识和洞见，取决于对具体的词与物关系的理解。正如小说里的其他故事和语境所提醒的那样，哈瓦那超级市场为什么就不可以是提供各种欲望和满足方式的超现实主义时空呢？在这部小说中，李宏伟围绕着一个名词编织不同的故事，并不是要展示他充沛的想象力以及他在不同的故事中自由穿梭的叙述掌控技巧，而是在试探同一个词语在不同的语境中所可能唤起的不同的真相和意义，或者说真相的不同侧面和意义的不同层次。在我看来，他用“虚构”完成一次关于世界、现实和观念的“升格”。词与物之间的关系是伪装成立法的惯例，当这层伪装被撕破，词与物之间丰富的张力关系被重新建立起来，是寻找真相和意义的开端。

对于李宏伟来讲，重建词与物之间的关系并不指向哲学层面真理的探寻，而是有着真诚的现实关怀。如果说，这样的企图在《哈瓦那超级市场》中呈现的还较为抽象，那么《并蒂爱情》（《人民文学》2014 年第 2 期）则提供了更为形象的演绎。当我们谈论词与物之间的关系会把惯例伪装为立法时，其实已经在谈论被幻觉掩盖的现实危机，即我们日常的现实感可能是那些习焉不察的观念所制造的幻觉。比如，关于美好爱情的向往。当“在天愿作比翼鸟，在地愿为连理枝”真的以卡夫卡的方式实现的时候，即一夜醒来，两个相爱的人的肉身真的连为一体，美梦成真带来的却是无尽的困境和焦虑。这样的“虚构”不是为了可以刻意解构某些观念，而是为了让我们重新翻检那些构成我们日常生活的词汇及其背后观念的可靠性。《假时间聚会》（《人民文学》2015 年第 9 期）同样如此。毕业二十年后的同学聚会以假面舞会的形式举行，这是一个值得玩味的细节，但形式上的猎奇依然难以掩盖“虚构”上的刻意设计。当真实的面孔被虚假的面具遮掩时，其实是词与物的关系被强行地切断。这个充满游戏精神的行为带来的却是幻觉破灭之后的真实感，因为从游戏启动的那一刻开始，构成我们身份和存在的那些证据，如“记忆”“时间”“照片”“影像”都变得虚幻起来，我们基于这些词汇及其意义所建立起来的现实感瞬间崩坍，一场聚会竟成为发现真相的舞台和惊悚时刻。

事实上，李宏伟的现实关切及忧虑在两个维度上展开。一是对当下日常中包围我们生活的幻觉进行祛魅，以唤醒自我对周遭世界的重新认知。这些问题我们已经讨论过。另一维度则是，把当前的社会状况在整体上挪移至未来的时空中进行推演。他试图把对当前社会的总体性理解，转变带有寓言意味的故事，以期让蕴含于当前社会形态中带有表征性的症候在错置的时空中显现、膨胀。鲜明的叙事逻辑、奇异的想象力和饱满的故事以某种极具未来感和现实说服力的张力结构形成了一个个完整度极高的叙事。也正是因为这一点，使得他在思想景观、美学趣味、文体形式感上远远地超过了同时代的许多作家。然而需要提醒的是，必须排除科幻文学相关概念和观念对李宏伟小说的干扰和降格。因为，科幻对于李宏伟来说，更像是突破话语空间的叙述策略，正是依靠这样的策略，他才能在《来自月球的黏稠雨液》中，从容地戏仿调研报告、申请、批复等公文文体，让我们在平静的叙述中看到马尔萨斯理论成为社会运行规则时的恐惧场景。借助类型故事的某些优势，来消弭叙述上存在的牵制和障碍，这样的策略在长篇小说《国王与抒情诗》中得到更为灵活和直观的运用，以科幻为外衣、以悬疑故事作为叙述框架，一个“监督”和“控制”无处不在的乌托邦故事慢慢饱满起来。同样，在《现实顾问》中，科技并未构成叙事动力，与其说这是一个科技控制、垄断人类感知的故事，倒不如说人控制、奴役同类的野心，以及人沉溺于幻觉和自我逃避、自我奴役的本性从未消失过。很多时候只是换了一种形式。但是，李宏伟洞察了这一切，并让其重新成为问题。同时必须看到，有些时候，形式、文体、内容、时空被有意识地错置、拼贴，由此刻意地制造出不协调的效果，其实是强化审美效果和思想冲击力的美学手段和叙述技巧，躲在这一切背后的是作者强悍的意志和强大的掌控能力。

（原载于《文艺报》2017 年 7 月 2 日）

上帝、野心与傀儡戏班
——与黄孝阳关于安吉拉·卡特对话

方岩（以下称为“方”）：讨论对象是你定的，所以你先聊聊为什么选安吉拉·卡特的《焚舟纪》？既然你选了对象，那我来定个规矩：接下来对话的过程中，我们所涉及的一切话题都要以这本书作为基础。坦率地说，这个规矩是专门针对你的。因为就我个人对你的小说和其他文体写作的了解而言，你的思维有个特别显著的特征，你会用一种非常奇异的逻辑把不同的知识体系杂糅在你感兴趣的话题上，或者你能够用一种匪夷所思的方式把没有亲缘关系的知识联系在一起。所以，为了避免这场对话过于天马行空，你还是克制一点。

黄孝阳（以下称为“黄”）：要回答你这个“为什么”，恐怕我还得先天马行空一下。我得设法把这个“因”找出来。想了下，是有一个逻辑加概率的。

先谈逻辑。一个大逻辑。

如果沿着人类文明纵向演化的历程来看，我们可以把人类史分成四块：狩猎社会、农耕社会、工业社会、知识社会。不难发现，这四种社会结构所呈现的周期加速性，即我们正站在知识社会的前夜，工业社会大致是几百年，农耕社会是数千年，狩猎社会是上百万年；也不难沿着这条轴发现所谓文明，是在不断剔去众多地方性知识的原始繁芜，渐趋普适，全球同炎热，是一个由分散到集中的过程。这很有意思，是一个什么样的意志设计了这条奇妙的演化轴?

我一直觉得人与世界是互相反应、互相生成的关系，类似光合作用，一个美妙的循环。我很迷恋人的主体性，不愿意把人仅视作为造物的一个小概率事件。而这个“反应与生成”大致有两条途径，一是泛人文的，二是泛科学的。前者逐步式微。我们已经活在一个科技建构的现实里。科技已逐步架构出自身的价值坐标与伦理体系，是方法论，也已然是价值观。比如我们讲科学发展观，比如初级一点的“实践是检验真理的唯一标准”。

人的科技化，人的数据化，这是一个趋势。会有越来越多的人相信，科学即真理，且是唯一的真理，而科技进步所提供的效率，天然地就与资本所渴望构建的消费社会相契合。财富的极大增加与各种消费品的迅速迭代，会不断地强化人们对“科学即真理”的认知。

我总觉得对科学的盲信冲动是危险的。我很清楚我们当下关于文学的许多理念，都会被科学（与资本）这只手重新书写——我们今天关于文学的种种阐释只是在狩猎社会、农耕社会、工业社会的框架下。这是一个正在进行时。但这是有问题的，因为科学是讲实证的，讲分类有序的，讲数据及其结果的可重复性。它是对的，但是不够的，至少不能成为唯一的真理。

又或者说，科学建构了今天的现实，我们得另找个办法把脑袋伸到现实外面去。

所以我越是热爱科学，就越想去读一下科学之外的东西，那些我们起初动身时的传说、神话、寓言、咒语，读一下他们的“生也快乐，死也快乐，杯子里总有酒喝”，读一下他们的荒谬与不被理性束缚的大脑，读一下他们朴素的经验之谈与美好愿望，读一下他们的幼稚原始与幽默自嘲，读一下他们的野语村言与旺盛生机。

然后就是概率问题。是小概率。安吉拉・卡特有一本《精怪故事集》，偶然间到了我眼前——一个朋友出版了它，几个朋友向我提起它，一次浏览豆瓣时随手点开阅读了关于它的几篇书评。随手翻了下，部分迎合了我的某些恶趣味，还是喜欢的。就想看看她是怎么写小说的，就把《焚舟纪》找来，准备与你一起读，边读边谈点感想。

方：坦率地说，你没执着于卡夫卡、卡尔维诺、博尔赫斯、马尔克斯、福克纳、米兰·昆德拉……乃至鲍勃·迪伦、莱昂纳德·科恩这些中国作家的“老朋友”，多少让我松了一口气。事实上，我既不反感上述作家，也不反对对上述作家进行反复讨论，而是厌倦于对中国作家与这些作家的同质化、攀附式讨论，特别是在“创作谈”这种文体中。在一些“典型”的创作谈中，表面上是在标示自身写作资源的来路或致敬经典，实际上却如产品说明书那样在刻意固化解读路径，并暗示作品在某个经典序列所主导的价值体系中所应该获得的评价高度。经典之所以能够不断被谈论，并非是因为意义的永恒和价值的绝对，而在于其在语境更迭中所不断激发出新的问题意识。换句话说，在谈论经典作家时，我更愿意看到这样的碰撞：具体的经典文本与我们自身处境的关系，或者说，我们与周遭世界的晦暗不明的状态能否在经典中得到些许澄清，更进一步说，我们在写作与阅读中所遭遇的困境能否在与经典文本的相互质疑中得到照亮，哪怕是微茫的启示。因为忽略具体经验及其复杂性，理论问题便沦为无意义的空谈，伊格尔顿曾在《理论之后》中讥讽过这种现象：“人们只能希望法庭上讨论他的案子时，思想家不在陪审团里。”其实这句话也同样适用于中国的作家。如何结合自身的境遇来谈论经典，确实是个问题。

为何选择安吉拉·卡特，你说的还是较为笼统。我更愿意从一个读者的角度，从我对你的写作基本了解，来聊聊你的选择。《众生·设计师》《众生·迷宫》是你最新的两部长篇小说，大概也是截至目前你最满意的两部。先说修辞，我这里所说的修辞指的是语言、结构、视角等纯粹的技术层面，不涉及修辞背后的审美意识形态问题。很显然，因为对西方经典特别是现代经典的熟悉以及十几年来不断的历练，技术基本对你已构不成什么障碍。再来说说对经验的处理方式。与技术自信相伴的往往是对知识和理性的权力崇拜。你可能不会觉得这是个问题，甚至可以说，你在写作层面那个强大却稍显顽固的世界观正是在这里，你会觉得依凭绵密的理性推导和庞杂的知识体系可以游刃有余地解释、描绘任何经验。所以在我看来，技术和智识（区别于知识）形塑了你的小说的基本形态，是与非皆由此而来。简单地说，工具理性碾压一切细节和经验，呈现的一种典型的现代性思维，在很大程度上又是未经有效自省的现代性思维，其实这亦表现为你在前面强调的人的主体性的一种。尽管想象力、情感等被放逐对于现代小说来说确实不是什么值得大惊小怪的事情，但是在人工智能已经所向披靡的时代，文学若依然被需要，那一定包含这些原因：那些无法被技术、智识进行识别分类的无法用语言捕捉却极力去接近的或丰富或缠绕或偶然或瞬间或浑然的经验、现象、观念、情绪、念头……我不是迷信文学种种功能和效用的那种人，亦反感有些人动辄哀叹文学边缘化。虽说现代以来，文学一直走在祛魅的道路上，问题是，这条路的尽头依然无边无际，“魅”亦生生不息。那些说不清道不明、混沌的“物”与“非物”一直在试图挣脱语言、技术、智识的掌控，在一部部作品中散发着“魅”的幽暗光芒。

聊完你，再聊安吉拉·卡特就比较方便了。可以说，安吉拉·卡特彻头彻尾地站在你的反面。我甚至会觉得，她的这种写作可能是你不大喜欢的那种类型。她的大部分作品目前都有了中译本，《精怪故事集》和《焚舟纪》大概是被经常提及的两部。通常说来，《精怪故事集》如作者宣称的那样，是对散落、流传于世界各地的寓言、童话、传说的收集和如实记录。其实，是否是口头文学的如实记录并不重要，重要的是，加在这些故事上的标签意味着什么。它们无疑是现代知识识别的产物。行使命名和分类的权力本身便意味着某种主体性的塑造和张扬。那么被命名的对象的主体性呢？我们是否可以假设一种我们陌生的主体性，在现代性的知识分类、意义鉴定中被分解为碎片，那些不能被我们感知、确认的部分被压抑、藏匿、驱逐。我们今天能否放下身段，暂时离开理性和智识所制造的主体性的确信或幻觉，去想象甚至承认这些碎片、隐匿之物重新汇聚为别样的主体性的可能？

举个例子，《精怪故事集》中有个故事的开篇第一句便是："很久很久以前，女人们是从地里挖小孩的——就这么把孩子从土里撬出来。"在现代性的审美体系中，我们会毫不犹豫地称赞，这是令人震颤的原始想象力，或者还能成为民族志、人类学研究的相关材料，至此，意义基本耗尽。但是，我们能否继续想象一些场景。当这句笃定、平稳的叙述从最初讲述、传播这个故事的人们嘴里发出的时候，我们能否暂时搁置科技、文明、实证等层面的真相追问，进入这句话的内部去感知某种充沛、自洽的主体性的生成和在场？这句陈述及其语调包含了许多信息，既有对古今差别的承认，又有对历史事实的认同和追述。在这句话的内部行走，我既能感受到"讲故事的人"并非刻意制造从容、自在、充盈的现场感，又能体会到"讲故事的人"坦然接受历史事实的真诚态度，即真实的历史感。如果考虑到最初讲述这些故事的人们与周围受众的互动关系，那么，历史观、现实感以及关于周遭世界的基本感知，这些形塑某种主体性的关键因素都在这句话里出现了。换而言之，一种我们完全陌生的主体性诞生了。

在主体性的问题上说了这么多，我需要及时补充一些前提，以防止自己跑题，而你误解。我无意在这个问题上把话题引向玄虚的神秘主义或抽象层面的哲学讨论，更无意张扬一种相对主义的主体性观念。我觉得自己一直是在文学的范畴下谈论这个问题。阅读《精怪故事集》的过程中，我处于一种沉迷的状态。这种沉迷不是掉落于故事情境中，而是纠结于这些故事是如何被发明的，最初讲述它们的那些人到底在想些什么？我自然清楚考古研究、人类学、民俗学、民族志等会给出建立在实证基础上的确凿的答案。但是在文学层面，我更愿意接受直观而具有冲击力的解释，哪怕这解释有些天马行空，但是至少是一个饱满、自洽的叙事。

我想大家现在都有一个基本共识，在技术、智识的重压之下，我们对文学的认知日益变得复杂、精细，使得文学和关于文学的讨论变得越来越乏味，很多时候，它已经乏味到需要依凭职业道德和专业壁垒才能维持其合法性。达成共识不代表问题就能解决，更何况这是一个极其宽泛的判断。所以当你提及主体性问题时，我觉得这可以作为小切口来谈论一些具体问题。在宽泛的文学范畴下，我更愿意把主体性理解为复杂、自洽、完整的叙事。它划定疆域，世界、历史、当下及其相关的一切在边界之内赋形、产生意义。所以安吉拉·卡特会说："每个时代都有一个共同的特征，即生活在其中的人都相信他是独特的，相信自己的经历可以覆盖之前的一切。"当然，从中我们也能看到主体性有其封闭性的一面，所谓真相、真实、道德、伦理只有居于其内部才能够被理解。但是就文学层面而言，接受主体性的天壤之别，消弭类型、意义、价值在绝对意义上的等级划分，其实是对自身主体性的增殖和拓展，我想也是文学自救的主要途径之一。

在更为具体的方法和路径方面，《焚舟纪》或许有一些启示。中译的五卷本中，有相当一部分作品的创作素材来自经典童话、文学名著、好莱坞电影。这种写作，便是通常所说的"改写"或"重述"。说到这种类型的写作，"原创性"貌似是一个无法回避的问题。所谓的"原创性"，无非与经验、技巧的稀缺相关，所以在今天这样一个信息、经验过剩的时代，"原创性"只能沦落为空洞的能指，代表着一种陈腐的、大而无当的审美观。类型文学正是靠着不断地"重复"，而获得强健的生命力和广泛的受众。在这里必须补充一句，我较为反对在文学层面刻意划分类型，更反对把类型划分与价值等级挂钩。但是在目前的话语体系里，我又不得不借用相关的说法。

坦率地说，我最为看中的恰恰是《焚舟纪》中的"非原创"的意义。安吉拉·卡特的"改写"行为所处的历史语境是首先需要考量的。在现代社会，阅读与影视是形塑我们主体性的重要因素。童话、文学经典、影像与我们的远古想象、历史传统、生存状态、价值秩序以及未来愿景密切相关，与此同时，这些因素也为主体性的构成设定了“期待视野”的边界和发展的基本逻辑。简而言之，形塑也意味着主体性的自我束缚。因此，“改写”也好，“重述”也罢，至少意味着边界的调整和逻辑的更改。这便是主体性的自我“异化”式扩张和丰富，未知才有可能由此发生。

关于《焚舟纪》，我暂时先说这些。总的来说，我把你和安吉拉·卡特都视为熟悉的陌生人，从你和她的创作差异性中得到了一些启发。接下来，我们能否从《焚舟纪》中挑选出具体的篇目来谈？

黄：为何选择安吉拉·卡特？你似乎不满意我的“大逻辑与小概率”，称之为“较为笼统”。这可能是写作者与批评者之间的某种区别所在。我以为我把手已经指向明月，但你还想知道我关于“登月”的一揽子计划，知道那艘载人航天飞行器的性能、大小、材质、建造时间等。

我喜欢月亮，它与我是一种彼此照亮的关系。因为我的目光，月亮获得诗意，是太阴、玉盘、素娥、玄兔等（每个词后面都藏有一个动人故事），要不然它就是一个岩石球，甚至说什么也不是——不被人感知的事物并不存在；而因为月亮的照耀，我也就明白了什么叫作“标月之指”……这样说有点儿禅宗机锋的意思，我还是就着你的话语尽量争取说明白。

我很喜欢你关于经典的论述，也明白你对所谓“致敬经典”——那些“皮袍下的小”的厌烦。经典是囚笼，一个写作者不应该满足于做一头囚笼里的虎，更没必要夸耀这囚笼的栅栏有多么坚硬结实，以及通过“致敬”之类的伎俩，试图在经典谱系中占有一席之地，让自己成为栅栏之一。栅栏多了，囚笼就成了密不透风的小黑屋。

但经典毕竟是我们的来路，有限，确定。这很重要。

尤其是当我们来到一个由科技打开的剧烈变化、随时可能飞出一只黑天鹅、到处都充满不确定性的现代社会——我把它称之为知识社会，一个知识生产呈指数级增长的块茎结构，一个人可能真正获得主体性（自由）的奇点时刻。

我们渴望未来。我们恐惧未来。

科技的澎湃力量在推动我们大步向前，基因编辑、人工智能、量子通信……阿尔法狗碾压人类顶尖围棋棋手等事件的层出不穷，我们已经置身于一个匪夷所思的现实里，一个比《百年孤独》还要魔幻百倍的现实里，一个让霍金也要发出警告说“强大人工智能的崛起可能是人类遇到的最好的事情，也可能是最坏的事情，但我们还不知道答案”的现实里。

这个“大步向前”还在不断加速，且每一秒都比刚流逝的那一秒更快一点，IT产业里的摩尔定律好像可以用来描述这个社会演化的过程——就像一辆在悬崖峭壁上加速奔驰的列车。当大多数旅客坐在沙发上愉快地谈论养生、美食、房产、股票、黑幕、公案、奇闻逸事，也悄声诅咒密室权谋、黄宗羲定律、彼此的脚臭时，一小撮旅客起身拉开了车窗窗帘——他们震惊了，本雅明说的那个“震惊”。

他们大部分会被这个“随时可能掉下悬崖”的现实击溃，接着视而不见，说外面那些壮丽又危险的风景，不过是一幅悬在客厅里的油画。他们中的一小撮会想去搞明白这个“随时可能掉下悬崖”的现实到底是怎么回事，从哪里来，往哪里去——“往哪里去”，是不确定的；但从哪里来，是可以知道的。

面对着这样一个颇富有危险意味的未知景深，他们中的一小撮会沿着人类几千万年进化所形成的深层心理结构（经典铺出的路），走出那个六角形的图书馆，披荆斩棘，一路前溯至“人”起初动身的地方去，寻找篝火边的童话、岩壁上的古老神话、山洞里的民间传说、树荫下的原始风俗与寓言，以及一些尚未被文明与道德观侵蚀的人物原型等，即秘索思，一个科学与理性的对立面。

科学与理性塑造了这个“随时可能掉下悬崖”的现实。

作为写作者，人类心灵的注视者，就有必要从科学与理性的对立面，一个迥异于逻各斯的认知方式，来重新理解世界与我们自身的奥秘，用心灵而非理性去重新感受那些曾被我们称之为原始的、神秘的、本能的、感性的世界。

安吉拉·卡特的《精怪故事集》就给了我一个“故事源点”的印象，没有多少道德感，就是纯粹的故事、野蛮原始的故事、朴实质真的故事——如果我们在某些故事里看出粗俗下流，那也只说明我们自身是粗俗下流的。

但，光是这些故事，显然也不能满足于我的饕餮之胃。所以我说《焚舟记》，就像喇嘛说“嗡嘛呢叭咪吽”。

你说我与安吉拉·卡特是两种人。可能是。

我个人觉得我比她写得更高级一点，她的小说基本上是在“故事”这个维度展开论述，且颇有残酷暗黑的意味；而我的小说，应该加上另外两个维度，一个是“结构”，另一个是“哲学”，比如你提到的《众生·设计师》与《众生·迷宫》。这个结构不仅是文本上的复调/拼贴/群峰并起/魔方，还包含了时间/空间的结构，比如时间的结构，未来像一块马赛克被嵌入过去，成为“因”。这个哲学也有了一些藏在“黑科技”后面的知识体系的导入与阐释。嗯，如果说我们的哲学观是一片草原，草原上生活着山羊绵羊羚羊盘羊，我现在渴望放几条狼到这草原上来。

也可能不是。我喜欢理性与智识，依赖它们，也信赖它们。它们富有逻辑地让我相信，是它们让我们拥有了今天的现实；但同样喜欢人的直觉与想象，是更喜欢，像喜欢一个女人一样喜欢，喜欢她湿润的唇，她那对饱满乳房下的心跳，手指从她脸颊上滑过的感觉，还有她不在时的怅然若失。

这里就要旗帜鲜明地反对你说的这句话，“所以在我看来，技术和智识（区别于知识）形塑了你的小说的基本形态，是与非皆由此而来。简单地说，工具理性碾压一切细节和经验时，呈现的一种典型的现代性思维，在很大程度又是未经有效自省的现代性思维，其实这亦表现为你在前面强调的人的主体性的一种。尽管想象力、情感等被放逐，对于现代小说来说确实不是什么值得大惊小怪的事情”。

我承认“技术和智识（区别于知识）形塑了你的小说的基本形态”，但我说要去看安吉拉·卡特，应该算是一种自我反省吧。至于是否有效，是我得像安吉拉·卡特一样写作才算有效，还是我得像霍金一样到处呐喊“这是人类最危险的时刻”才算有效?

自省是现代性的一个内生机制，现代性一直在自省的过程中，否则也就没有所谓的后现代性，后现代性不过是现代性在自省时所投下的阴影与扭曲，现代性是其渊薮。

现代性从未停止自省，如你所言，自省恰恰是人之主体性的光芒闪耀。

我不认为现代性会导致“想象力与情感的被放逐”，或者说，现代性所提供的“想象力与情感”不再是昔日那个狩猎式的、农耕式的、工业生产式的，它有了更多截然不同于过往的内涵，深深地扎根于这个由科学精神与理性思辨所建造的现实之上，每时每刻都在汲取着各种知识体系的营养；也有了更多的显著区别于古典美学的呈现方式。

比如我们谈论爱情，过去基本上是一种“杨柳岸边，执手相看泪眼”的范式。而现在数学老师说：“亲爱的，你是正数，我是负数，我们都是有理数，该是天生一对啊！”物理老师说：“你是阴极，我是阳极，我们靠在一起，便会产生爱情的电！”……你不能说他们的表达是缺乏想象力与情感的，相反我以为这恰恰是今天对“想象力与情感”更有效准确的表达。

我对人这种存在充满深情，他们让这个广袤宇宙有了光，有了意义，哪怕是荒谬的意义。他们建造，也毁灭；他们分工协作，也彼此诅咒；他们爱，也恨……如蜉蝣般朝生暮死，如草尖露水凝结了这个宇宙最动人的图案，又转眼逝去。

但我不满足于所有对人的传统书写范式，不管是马尔克斯、博尔赫斯还是卡夫卡与昆德拉。我阅读经典，因为它们是我的来处，得以塑我心智与形体；而我已睁开了眼，万象万有就在我的目光下，必然将以我所看见的方式胪列。

这是我的情感，我的想象力，我活着的意义，我对世界的祝福。

我无意否认自己可能是那只名叫 Alice 的世界上最孤独的鲸，她声音的频率是 52 赫兹，而正常鲸的频率只有 15 ～ 25 赫兹，所以她唱歌的时候没有人听见，难过的时候也没有人理睬。

我的情感与想象力在当下可能缺乏更普遍的共鸣，但这又有什么关系呢？

我所感兴趣的是那条浩浩荡荡的人类精神河流，不是此刻滚滚红尘里的万千读者。读者阅读我，是我的荣幸；不读，是他们的损失，不是我的。而关于我的一切迟早要深埋于泥土深处，在那时间的荒原上腐烂化泥。

事实上，谁又不是这只孤独的鲸呢？人本身就是这个宇宙中最孤独的物种。而现代性最大的特征就是全球范围内的分工协作，这个分工必然导致各种知识洞穴，个体栖身其间，所谓喧嚣的孤独。

你把主体性理解为“复杂、自洽、完整的叙事”，我把主体性理解为“我”。

我们一直是在主客二分的基础上来讨论主体性与主体间性的。但所谓“客”“他者”，在我看来，也是“我”的一部分，岛屿是我，河流是我，死去的那只鸟是我，寒风是我，大雨是我，是王阳明的心学、黑格尔的绝对精神、老子的有物先天而生寂行不殆、康德的星空，是强人择原理，欧拉公式、二进制语言、DNA 碱基……所有我看见的一切都在成为“我”。

“我”思考，“我”创造。

世界、历史、当下及其相关的一切皆在“我目光所望处”发出光与热。我的目光即是万物的疆域。它可能是复杂的，也可能是简单的，比如四种“经典”DNA 碱基构成了生命的万千形态；它可能是自洽的，也可能是矛盾的，比如逻辑悖论与蒙代尔不可能三角理论；它可能是完整的（抽象意义上的完整），更可能是碎片化的——我们在时间与空间的碎片上。

好吧，我们就不再讨论我为什么选择安吉拉·卡特吧，如你所言，我们打开《焚舟纪》中的具体篇目来看一看，比如《紫女士之爱》，看看这个颇有暗黑哥特风格的怪异妇人给我们带来一个什么样的故事。

它是背德的，是恬不知耻的，是超现实的，是迥异于西方正典里那个伟大传统的，是黑暗邪恶的，是夸张扭曲的，是没有什么比它更"坏"的。

故事分了两层。

一、傀儡戏班主有一具名叫紫女士的傀儡木偶。他带着它四处卖艺，流浪天涯，凭着出神入化的操纵技艺，把这个栩栩如生的木偶说成是一个声名狼藉的邪恶女人。木偶有了一个奇异的故事。被这个故事打动的他向它献出自己的爱与激情。他吻了它，它成了她，她杀死了他，继续着自己在故事里的堕落与放纵，在"阵阵雾气陪伴，像只归巢的鸽子，出于必须的逻辑，投向城里唯一的妓院"。

我们能在这里看到对"睡美人"的另类书写。只是"睡美人"醒来了后，就要化身噬人怪物。这也是对所谓"皮格马利翁效应"——期望和赞美能产生奇迹——这种漫漶历史与当下的正能量的反讽与解构。

这里还隐含着一个人与物的关系。人是短暂的，物比人长久。饶有趣味的是，物（雌）从人（雄）那里得到的生命，实际上是一个雌雄同体的生物。

班主的死也是对此种诡异生物心甘情愿的献祭。他无力改变自己戏棚里的命运，所以他的吻才会那么"悲哀谦卑"；而当他的生命通过这个"悲哀谦卑"的吻注入木偶体内后，从不知晓什么是"人之悲哀谦卑"的木偶很轻易地、几乎是不假思索地烧掉了戏棚（戏棚即图书馆，即人的文明史），走出了那个困住他一生的游乐场。当然这些都是次要的。

二、紫女士的故事。

我就不在这里重复这个故事。它让我有不适感，像从游泳池来到有鲨鱼出没的海洋。但这个黑暗故事同样包含着一些让人着迷的词语，一些颇具启示性的褶皱，比如女性主体意识的崛起，对造物主的反抗（杀死上帝），本能觉醒，对命运的不服从，“恶是积极的”……甚至不妨说：紫女士的一生，是革命的一生，是敢于听从内心召唤的一生，是勇于追求自由的一生。

人生而自由，却无往不在枷锁之中。

紫女士要挣脱这些由道德与秩序所锻造的枷锁。故，他人投之木瓜，她不报以琼瑶，报之以一把锋利的匕首，以人眼里的“非理性的疯癫”割断理性的喉咙。她的诸多歇斯底里的行为，是彻底的损人不利己，完全违背了关于人的常识、常情、常理。也只有这种难以描述的极端的恶，才能帮助人们更为直观地理解法国大革命时罗兰夫人说出的那句话：“自由啊！自由！多少罪恶假汝之名而行！”

——是这样吗？

也许不是。紫女士这种存在对人所谓的自由根本毫无兴趣。所谓自由只是人渴望摆脱自身困境的一种无聊想象。她只是吞噬，吞噬自己所能碰触到的一切物体，吞噬各种与人有关的情感，吞噬爱，吞噬恨，吞噬生老病死，吞噬光……就像黑洞，是的，就像黑洞，那个宇宙最终要去的地方。

“天地者，万物之逆旅；光阴者，百代之过客。”

这个奇异的傀儡木偶，在宇宙尽头看了一眼从时间洪流中飘过来的这条丝带，用它擦了下嘴巴，犹不过瘾，干脆咂巴咂巴把这条丝带撕碎嚼烂咽下了肚。好了，所有的一切都已消失殆尽，现在它的食物也只剩下它自己了。

所以说安吉拉·卡特永远也不会成为一个经典谱系里的作家。过去不会，现在不会，将来也不会。这不是替她惋惜。我不大喜欢这种要掏空人之心灵的作者。从技术层面来说，掏空相对容易。事实上，我一直觉得恶是容易的，善是困难的；人要往难处行，要走窄门，在这个熵增世界构成一个负熵。我也不会懊恼自己的这次阅读——这是一场非常有趣的体验，如看奇异之魔镜。我阅读她，或许纯粹只是这个概率宇宙里的一次偶然，与我刚开始喋喋不休的“大逻辑与小概率”以及“秘索思”没太大关系。

“我是我的敌人。”我尊重偶然。我是上帝掷下的骰子。上帝是一只必然之手。

方：看到你的回应，我觉得这场对话开始变得越来越有意思了。但是我一开始的担心也不可避免地发生了。如果你同意创作与批评都是“写作”的话，那么我们在“写作”上的共同点大概便是会在自己感兴趣的问题上喋喋不休，且在表述上均有些缠绕。我说的“缠绕”并非贬义词，而是对思维推进的方式和语言的呈现状态的一种中性描述。开始的时候，我提醒你克制一下，其实也是提醒自己。从目前对话已经展开的情况来看，虽然我们一直在试图深入、细致地谈论具体问题，但涉及的话题越来越复杂、话题的边界亦越来越宽阔。限于篇幅，接下来，在回应你的观点的同时，我也试着进一步缩小范围、减少体量。当然，这个过程也意味着论证过程和材料的大幅度缩减，难免结论会有些突兀，但是只能先这样。

先说“现代性”。这是超级庞大的复杂问题。我还没有狂妄到认为自己对这样的问题还能有什么创见的地步。但是，我们之所以愿意谈论它，是因为它极其重要，我们的衣食住行，我们的思维、知识乃至欲望都是现代性的结果。我们根据自身的具体处境以及阅读，触及了现代性的某个侧面，我们通过复述它而强化了我们关于现代性的某种立场。换而言之，基于经验和阅读而复述现代性的某些问题，一方面是形塑关于世界、关于自我的基本立场，另一方面也是关于这种基本立场的自省。因此，从这个意义上讲，在现代性的问题上存在的分歧，是一件在正常不过的事情。用“盲人摸象”来形容这种分歧，有降低分歧的思想含量的倾向。然而，必须承认的是，正是因为有了关于“现代性自觉”自身的意识，我们才能在心里留有一份清醒和怀疑，即我们的认知极其有限，我们关于世界斩钉截铁的确认，其实只是世界真相的一个部分，甚至可以说，当这个所谓的部分真相被更多的未知所包围时，它有可能最终被证明为只是关于真相的幻觉。

目前我们在这个问题上存在着巨大分歧，你认为“自省是现代性的一个内生机制，现代性一直在自省的过程中，否则也就没有所谓的后现代性，后现代性不过是现代性在自省时所投下的阴影与扭曲”。而在我，恰恰否认这种自省是一种内在机制。在我的理解中，现代性表现为另一场造神运动兴起和衰败的过程，当它所制造的现实逐渐脱离它的初衷时，它瓦解、崩溃为碎片，在这片衰败的废墟上，后现代应运而生。如果再做一下减法，当作为观念的现代性与作为现实的现代性相互抵牾、相互揭穿时，后现代在裂缝中生成……在这个意义上，我更倾向于某个大咖的判断，很遗憾，我忘了名字也忘了出处，大意是说，现代性是一种历史阶段，而后现代则是一种观念……坦率地说，已经没有更多的篇幅留给我们继续讨论，我在这里先留存一份记录……思想的推进源自分歧和冲突。但是在这里，我们不得不先暂时停止。

再说“主体性”。我是从关于“现代性”的宽泛谈论而过渡到文学层面的主体性问题。我的初衷是想把问题缩小和具体化。因为我们谈论的是“文学”，所以才会用“叙事”来形容我对主体性的理解。我之所以对安吉拉·卡特充满好感，与我对文学的期待相关。我希望文学能够成为接触、容纳未知、不确定的物与非物的媒介和容器。所以，我一方面承认在主体性疆域之内一切自以为是的价值和真相具有绝对意义，另一方面对层次分明的意义和鲜明、挺拔的形象抱有怀疑。因此，主体性疆域的扩大和自我异化，便是对差异性的理解和接受，这意味着对陌生、未知的探索又前进了一步。然而，我在你的回应中读出了一如既往的固执和坚决：老子就是上帝。于是，我们之间再一次产生了巨大的分歧。

有了以上两个方面的分歧，我对于《紫女士之爱》的理解必然与你不同。谈到安吉拉·卡特的《精怪故事集》时，我引用了其中一篇故事的第一句。在这里，也是巧合，我碰巧要引用的是《紫女士之爱》的最后一句："她迅速走过寂静的圆环朝城镇走去，只有阵阵雾气相伴，像只归巢的鸽子，出于必须的逻辑，投向城里唯一一家妓院。"我注意到，你也引用了这一句。我们正是在对一句话的理解上，分道扬镳。我的追问是：紫女士从木偶变成真实的肉身，杀死了当初制造她的傀儡戏班主，能说明什么呢？杀死造物主，貌似革命的行为，一定会带来革命的效应吗？我在这里也简单地概括一下故事的逻辑，紫女士在傀儡戏班班主编织的木偶戏中过着"放荡不知羞"的生活（班主关于女性的欲望和想象都在木偶戏的"虚构"中得以具象化），在她变成活色生香的肉身后（肉身的容貌、身材和服饰都在精确地复制班主的设定，这不是可以理解为欲望在现实中实现？），杀死了班主，然后投身妓院（请注意引文中"归巢""必然"这两个词），开始在现实中演绎木偶戏里的生活（这是小说在结尾处指示的叙事发展逻辑）。至此，我是不是可以得出一个基本的判断：木偶化身肉身的那一刻，固然可以视为主体性的诞生，然而这主体性却源自造物主的意志，这是一种被赋予的主体性。更为重要的是，当造物主的肉身被毁灭后，他的意志却一直挺立在紫女士主体性的中心。所以，我的结论最后变成了两个提问：一、你，黄孝阳，是那个傀儡戏的班主吗？二、这篇小说能否成为我前述关于文学主体性观点的一个证据？即，某种过于强大、偏执的主体性其实是自我束缚，它只会导致我们关于事物判断的单一性、同质性以及毫无意外的叙事逻辑。

考虑到篇幅问题，接下来，你能否都围绕着我的提问，在回应的同时，简单地总结一下我们的分歧，重申或者继续推进一下你的观点？

黄：就不说现代性与主体性了，这么一大串词语在能指与所指间滑动，噼里啪啦的，有的如微风入耳，有的若刀尖在玻璃上划动，有的在人耳听力范围以外，确实蛮缠绕，要把它们一一剔去赘余，不多一分，不减一毫，恰恰是你我都能精确理解的全部，这是不可能的事。如你所言，我们都是盲人，我们都不是上帝，都不可能知道那头象的全部。

我们只能是盲人摸象，并就手中所触、鼻中所嗅、口中所嚼进行交流。我们只能是孤立的、片面的，乃至是静止的。因为当我们谈论的时候，那头象又发生了变化，有了獠牙、肉翼。

这极为痛苦，但这是唯一的办法。所谓“全面、系统、辩证”地看问题，那只是一个乌托邦式的美好愿望。我们只能在碎片上寻找交集，求同存异，以同为骨骼，以异为血肉，来还原这头象。

回答你的两个问题。

第一，我当然是那个傀儡戏的班主。我说过我对人这个物种抱有极大的深情。我愿意为他们死，毫不犹豫；也愿意为他们活，百折不挠。

刚好中午我写了一段话：

> 前些日子朋友在微信里通知我，说《众生：设计师》得了“《钟山》文学奖”，很高兴，当浮一大白。《钟山》是我发自内心尊敬的一本刊物。
>
> 十年前，我与几个写作的朋友在街头撸串儿，昏暗的灯光下有一句话我忘不了：“啥时我们座中的谁，能在《钟山》上发表一个东西就牛叉了。”我还清晰地记得说这句话的兄弟的样子，啤酒泡沫从他嘴角胡须滴下来的样子，大家轰笑着把酒杯高高举起的样子……如今这些兄弟们散落天涯海角，写，或者不写，在以各自的方式去亲历自己此生的同时，也彼此相“望”于江湖。
>
> 我是他们中的一个，过去是，现在是，将来也是。

在我看来，他们即是“道路、真理与人世所有的奥秘”。

我要谢谢《钟山》。这些年我写的字不少，自我认可的作品不算多，其中三部就刊发于《钟山》上，而且基本无删改。我要谢谢《钟山》给予我的持续不断的掌声，让我渐渐摆脱了自我的傲慢与狭隘，开始了一个火点燃火的奇异旅程。

世界是一盆大火，万象诸有在火焰中扭动跳跃。

亲爱的兄弟们啊，我们是光，照亮现实。

我说过“一个人若意识到孤独，那他就永远孤独”，我说过“孤独是人的一个精神器官”，我还说过“孤独是一把丈量出我与他者的边界的尺子”……我说过许多关于孤独的句子与比喻。我到此刻仍然确信：“人子的孤独，是上帝赐予的盐。”

可我同样深知——“人子的孤独，是为了照亮彼此的脸庞，照亮这个根源于分工协作，一步步演化至今的澎湃现实。”

人是这个黑暗冰凉宇宙里的光。

主说：先有光。

傀儡戏的班主所做过的，我在梦境深处做过 N 次。我不仅亲手缝制过紫女士的衣物，还为橙女士披上过婚纱，为绿女士烹饪过佳肴，为红女士洗过双足，为蓝女士驾驶过一辆撞向人群的失控卡车……我尝过她们嘴唇上所有的蜂蜜与砒霜，我真真切切地感受过，她们是怎样索走我的灵魂与生命，又是如何给予了我甘甜与意义。我曾如这世上最懂得取悦女子的情郎，如抱柱不去的尾生，杀妻求将的吴起，戈壁上快要渴死的旅人，割肉饲鹰的菩萨……这些都在我脑海里无数次发生过，在深夜灰暗的墙壁上，化作一个个摇晃的细碎光影。

这些光影是被神打出的一个个手势。

凝视它们——不，不不不，光有凝视远远不够，还得去嗅，去听，去调动生而为人的全部，调动舌头、手指、肺里涌动的气流、脑子里彼此冲突的信仰，等等，我们才有可能真正理解这些光影深处所隐藏着的灵魂。

然后，我们会获得奖赏。

这些人子的灵魂，会进入口腔，在牙齿缝里咯嘣响着。吮吸它们，像在炎热的夏天吮吸一根带着巧克力味的冰棒，我们会觉得……爽。对的，就是这个字，爽。大脑会急速分泌出几毫克的多巴胺，这种神奇的物质将把我们带到天堂，一个地面喷涌泉水、四处开满鲜花的天堂。而我们在那时将摆脱所谓的意义（可以把它称之为真理与道路）的束缚，以及所谓的由荒谬与虚无构成的无意义之泥沼，获得真正的姓名，我将成为我，成为一个独立于这个宇宙之外的波兹曼大脑，我将注视着所有的因果，自身却在因果之外，是的，我将成为上帝。

——当然，全能的上帝也造不出一块他推不动的石头。

要摆脱悖论，并不困难。所谓悖论，不过是人的佞妄。石头是属于人所能理解的，是有限的；上帝在人所能理解的范围以外，是无限的。我们讨论无限时总是容易被轻率的热情所支配，比如说出“我将成为上帝”的我。

我说的上帝是一个比喻。

我要说的是，你在那时不难发现，这些所有的灵魂，即是你的细胞。是你的血、你的肉、你的骨。每分钟内就有数亿个细胞在你体内死亡，同时，又有相当数量的细胞在你体内获得新生。

如果把死亡比喻成一条鱼，是阴，是奇，是柔，那么新生就是另一条鱼，是阳，是偶，是刚。阴阳互根，奇偶互用，柔刚互补……你会因此明白一切“人、事、物”的根源，明白何以为你，你将何为，继而看见那个注视着宇宙的波兹曼大脑——一个写作者对自身最纯粹的认知。而这是迟早要发生的，且注定要发生的。

第二，你说的“木偶化身肉身的那一刻，固然可以视为主体性的诞生，然而这主体性却源自造物主的意志，这是一种被赋予的主体性。更为重要的是，当造物主的肉身被毁灭后，他的意志却一直挺立在紫女士主体性中”，让我想起了前不久大热的一部电影《异形：契约》，豆瓣上有很多关于人类、太空骑师、异形、生化人这四者前世今生的精彩讨论，我就不在这里引用了。就说五个字：紫女士是异形。

另外，我在第一个回答中，也一并回答了你的第二个问题。我们都认同，“如果说文学创作是一种价值，那么文学批评是创造价值的价值”。我们有一个共同的朋友，叫黄德海，他不仅要后者，还要用他阐释的后者来告诉前者，什么是真正的价值。我喜欢他这种毫不掩饰的渴望，或者说野心。只有在这种野心的驱动下，我们才可能自“人由地面跃至空中”之后，摆脱大气层的束缚，跨越星辰，去探索“宇宙何以诞我”的秘密。

换句话说，“不疯魔不成活”，唯有这种歇斯底里的激情，才可能让我们拥有真正的创造力，摆脱陈词滥调的诱惑（它们命名了万物，建造出今日此时），写下未来的千年文学备忘录。

历史尚未终结。

（原名《上帝、野心与傀儡戏班——因安吉拉·卡特而起却未完成的一次对话》，刊于《青年文学》2017 年第 9 期）

经验仿制、中产滥情与抛向历史的媚眼
——谈谈《朱雀》和《德律风》

有人说，中文系难以培养出优秀的作家。反驳这个观点并非难事，但读完长篇小说《朱雀》和作品集《德律风》（除《朱雀》外，本文所提到的其他文本均出自《德律风》）之后，我知道葛亮可能会为这个观点增添新的例证。葛亮拿过这个专业的博士学位，所以我并不怀疑葛亮的文本阅读量以及相关的审美经验和审美判断能力。但是从年轻的研究者到年轻作家的身份转变，所面临的首要问题便是建立在文本阅读基础之上的审美经验如何转化成自身的审美实践。如果把写作降格为对别人经验的复述与挪用，那么这样的写作在起点上就已经偏离了审美的创造性。葛亮要考虑的第二问题便是作家如何面对自身经验的范围。作家是否愿意直面现实，并非是一个道德优劣的问题，但是当作家强行书写自己不熟悉的经验并试图引发道德评价的时候，那么写作本身所承载的道德兴味便会显得浅薄，而浅薄往往和伪善相连。葛亮与我的年纪相仿、专业相同，尽管我相信浪漫主义所宣扬的天才意味着什么，但我依然难以理解，他在这样的年纪如何依凭想象与知识来叙述一个长达六十余年的故事，况且这故事的背景还是真实的历史时间，这段历史本身又充满了众所周知的禁忌和扑朔迷离的暧昧。叙述一个漫长的故事并不难，困难的是如何将这段历史的情绪充溢在故事的时空中。否则，不论这故事如何娇媚，这段历史依然会像不合身的衣服，让故事本身显得粗鄙和放纵。我想这是葛亮应该思考的第三个问题。

受过比较严格的专业训练的葛亮无疑是熟悉中外经典文本的。于是，经典作家作品的身影在葛亮的文本中影影绰绰地显现。葛亮的文字细密、纠缠，在细节处停留、荡漾。这些特征无疑都是葛亮在校友张爱玲那里习得的技巧。区别在于，张爱玲的停留就像缓缓流动的河流在浅湾处迂回、盘旋形成的小漩涡，从从容容地来，不急不慢地去；而葛亮的停留更像是一辆旅游大巴，每达到一个景点便一厢情愿地刹车，而不管游人是否愿意在此驻足。如果说，对文字技巧的挑剔显得吹毛求疵，那么在具体经验的处理上，葛亮的写作有着更为浓重的阴影。在短篇小说《退潮》中，葛亮叙述了中年丧夫的女子在一次外出的旅途中性爱意识的复苏与幻灭。施蛰存的《梅雨之夕》里的经验在这里非常清晰地显形。在《离岛》中，张爱玲的私语、施蛰存的魔道、仇父恋母的潜意识与少年情欲交织、人物在魑魅魍魉与现实之间恍惚等种种经验相互交错。《离岛》的文字和结构是精巧的，只是每种经验的呈现都让我联想到另外的名字与文本。这样的精巧也就显得匠气十足。《朱雀》中，毓芝抄下“子时风兼雨，五更云渡月”的诗句，由丫鬟交给了情郎芥川。是夜，两人云雨。这一刻是《西厢记》借尸还魂。通过文本阅读所积累的大量的审美经验，本应是葛亮写作时进行借鉴与转化的巨大优势。然而，当葛亮沉浸在经验的仿制与挪用的时候，就像一个画坛的新手在落笔处总是惦记着向诸位大师致敬，而时常忘记是要用颜料、色调、画布调制一幅属于自己的画。审美经验的仿制与挪用如果不经个体创造性的处理，在新语境之中只会显得突兀、乖张，就像在故宫博物院里挂上一幅仿制的蒙娜丽莎。于是，优势瞬间也就转化为劣势。

葛亮是个勤奋的作家，他一直在试图拓展自己的书写范围，常常会把好奇的目光投向陌生的经验。葛亮应该清楚，有些经验是和特定的阶层捆绑在一起的，具有一定的封闭性和排他性；这些经验并非匆忙一瞥就能依靠想象转化为写作资源的，否则社会学的田野调查就完全没有必要。但是葛亮依然忙不迭地将目光投向偷渡者、城市打工者，然后写下隔靴搔痒的苦难，留下几句轻吁短叹。《阿德与史蒂夫》讲述了一个偷渡者的故事。在故事快要结束时，葛亮感叹道："很久以后，每每想到阿德，我已不再感到悲伤，只是感到迷惑，为生活的突兀。"偷渡者为身份认同所付出的血泪与艰辛，竟然在葛亮云淡风轻的感叹中化为乌有。在《德律风》中，葛亮用声讯台小姐与夜总会保安的声讯对话和各自回忆架构了整部小说。其中许多细节经不起推敲。声讯小姐告诉保安，"德律风"是"telephone"的音译，然后保安为这份意外的知识而欢欣，认为自己也能说英文了。葛亮将保安自白与对话中的"我"置换成"俺"，并以此来标示保安的乡土身份。一个有着当年殖民地色彩的时尚名词和一个北方方言中通用人称代词，就这样经由葛亮之手成为城市边缘群体的标签。而葛亮似乎也在这两个空洞的能指中获得了莫大的道德安慰。我并非反对作家对陌生经验与陌生群体的探索与表达，只是葛亮的这种书写有着强烈的道德补偿与时尚消费的意味。这个社会的部分中产者会在茶余饭后从网络、报纸、电视里浮光掠影地获取一些模糊的信息，然后开始无伤大雅地长吁短叹，从而获得一种道德安慰与心理平衡。葛亮没有比他们更伪善，但是也没有比他们更诚实。葛亮并不熟悉书斋外的经验，他只是依靠间接的经验费力地想象、揣摩城市边缘群体的言行与情绪。他像咀嚼自己的小小的悲哀一样，虚构着别人的故事，编织着关于苦难的文本。或许这种书写能为葛亮带来道德上的崇高感。他可能会安慰自己，毕竟他曾经抬起头，越过自己的生活圈子，向遥远的人群瞥了几眼，神情似乎还有点儿悲悯。只是在我看来，这种崇高与悲悯是浅薄与虚幻的同义词。同时，当葛亮的文本在资本市场上流通、消费时，他的道德感也就传递给了那些与他相似的群体。当道德被消费时，这些人重新获得了内心的安稳与平和。然而，苦难依然在那里。

其实，葛亮书写自己熟悉的经验时，也会在无意间暴露出一些伪善的情绪。回到自己熟悉的经验范围，葛亮的叙述就变得兴奋起来。这在他的短篇小说《私人岛屿》中表现得非常明显。《私人岛屿》讲述了一个城市白领女性婚外恋的故事。在这样的故事中，葛亮熟练地调动咖啡、美酒、电影、音乐、艺术展等代表某一阶层品位的时尚元素，游刃有余地游走于叙述空间。不可否认，这样的元素是需要的，至少是与葛亮所要叙述的经验密切关联的。但是当阿德走进叶葳的生活时，葛亮的企图突然变得暧昧起来。阿德是个因赌马而破产的货车司机，在叶葳的情感低落期充当了性伴侣。葛亮设置了一个细节，即阿德这个不懂音乐的人居然可以根据音乐的类型与情绪来调节自己的做爱节奏，这让城市白领女性叶葳非常享受。这个细节的呈现让葛亮的叙述呈现了另外一种效果：当葛亮在时尚元素中流连忘返时，他已经将与此相关的情节铺展变成了一种文化资本的炫耀。而陪衬的底色正是那些他曾经试图关怀的人群。坦率地说，在这里，葛亮再次放大了他的中产阶级的道德伪善。

我难以理解葛亮为何非要在年纪轻轻时如此急迫地通过一部长篇来进入历史。他将《朱雀》的故事放置在长达六十余年的历史时空中进行叙述。抛却禁忌与谜团，从抗战前夕到千禧年前后的这段历史依然是千头万绪、错综复杂，所以仅仅依靠阅读与知识所建构起的历史想象空间能否包容他的故事，这是葛亮必须面对的问题。在涉及抗战、南京大屠杀、国共内战、“反右”、四清运动、“文革”、毛泽东去世等重大历史事件时，葛亮使用了一些真实史料的记载来强化历史情境的真实性。比如说国民党军官鲁耀相在南京屠城时的逃难细节，“文革”中批斗江苏省委书记江海清的情景，南京市两个最大的造反派“八二七”“一一八”武斗的场面等，这些真实的历史细节都在《朱雀》中得到体现。葛亮显然是在为自己的故事营造一个真实的历史空间。然而在涉及虚构人物的叙述中，葛亮并未在历史真实的框架中展现可能的想象力。比如，大学生传看《牛》、被革命异化的孩子、被批斗的知识分子的铮铮铁骨与唯唯诺诺、女大学生与工人阶级的结合、脸谱化的红卫兵形象等等，这些“反右”“文革”等历史事件中人物的言行是 1980 年代的小说文本不断重复的经验。葛亮在《朱雀》中像处理史料一般处理了这些经验，于是他的虚构与想象始终无法靠近那个依靠史料和别人的经验所搭建起的历史空间。叙述到 1990 年代，葛亮才重新活跃起来。不难理解，1990 年代以后的时段才是葛亮的人生经验可以把握的范畴；同时，1990 年代以后的中国再也没有发生那种大面积影响国人命运的重大历史事件。摆脱了历史羁绊的葛亮自然可以天马行空地书写，至少他的人物再也无须一边表演，一边偷偷地试探历史的反应。于是，重新获得叙事快感的葛亮一不小心就把 1990 年代叙述成了一个相对独立的故事。否则，葛亮是无法将《朱雀》的第四章和第七章重新编排成一个短篇《罗曼司》收录在文集《德律风》中的。这个部分其实是《朱雀》所叙述的 1990 年代故事中不可剥离的关键情节。这个片段可以不往前追溯历史缘由，却决定着此后的情节走向。这一点至少暴露了葛亮历史情结的虚妄。这个片段的游移在《朱雀》的文本之外，足以说明葛亮的叙述企图其实与历史并没有多少关联。换而言之，葛亮是想一如既往地叙述一个温婉、凄美的城市爱情故事，可是又怕这故事狭小、媚俗。于是他想为这个故事披上一个绵长、端庄的历史外衣。为此，葛亮费劲地把这个 1990 年代故事的原因追溯到 1930 年代中期。可惜这个媚眼抛得过于做作，历史终究不为所动。记得葛亮在《罗曼司》与《朱雀》中写道："再不好事的人也会遐想，男女之间，有什么可以超越伦常和民族大义？那么，只有性。人们在无尽的遐想中扼腕与愤慨，同时灰暗地笑。性，跨国情，婚外恋，外加暴力。一部成功三流小说的所有元素，在一个月里，凝聚于高尚美貌的女博士身上。"事实上，这不正是葛亮在《朱雀》中所青睐的故事和他所能达到的精神境界吗？

（原载于《文学报·新批评》2011年8月4日）

诱饵与怪兽
——双雪涛小说中的历史表情

一

双雪涛与《收获》编辑走走对话时，谈及自己在写作方面的野心："只要你足够好，足够耐心，足够期盼自己的不朽，就可能完成自己的伟业。"[1]"伟业"与"不朽"是夸张、虚幻的大词和身后事，而"好"与"耐心"确实是目前触手可及的事物。

这个时代，很多作家的名字在期刊、报纸和新媒体上频频出现，人们却想不起他写过什么，而有的作家的名字一出现，唤醒的则是作品的名字及相关想象，这是世俗意义上的成功与写作意义上的成功之间的区别，双雪涛的"好"很显然属于后者，在相当长的时间里，他的名字将一直与《平原上的摩西》（《收获》2015 年第 2 期，以下简称《摩西》）捆绑在一起。

2016 年，双雪涛先后出版了三部小说集《天吾手记》《平原上的摩西》《聋哑时代》，很显然，这三部小说集都是双雪涛因中篇小说《摩西》声名鹊起后的衍生品。在这个每天都有"好故事"产生的国度，恰恰缺少能把故事讲好的人，于是这个像"火球从空中落下"[2]一样闪闪发光的故事，让人家记住了这个冷峻、克制的

[1] 双雪涛、走走：《"写小说的人，不能放过那道稍纵即逝的光芒"》，《野草》2015年第3期。

[2] 双雪涛：《平原上的摩西》，《收获》2015年第2期。

讲故事的高手。所以，双雪涛的“写作前史”也被挖掘出来，那些在《平原上的摩西》之前的许多作品得以集束性的出版。作品的优劣可以暂时不论，这些作品的出现却呈现了他成长为一个故事高手前的磨炼历程，这里是双雪涛的“耐心”。

二

“二姑夫拉了一下一个灯绳一样的东西，一团火在篮子上方闪动起来。气球升起来了，飞过打着红旗的红卫兵笔者注：毛泽东雕像底座上的浮雕，飞过主席像的头顶，一直往高飞，开始是笔直的，后来开始向着斜上方飞去，终于消失在夜空，什么也看不见了。”[1]

这是双雪涛最新短篇小说《飞行家》的结尾。毛泽东时代的宠儿、市场经济时期的弃儿，昔日的工人阶级、如今的下岗工人及其同伴、后代，以一种荒诞而悲壮的方式与这个时代和世界进行了告别，至于是无可奈何地自我放逐还是以沉默的方式进行壮志未酬般地绝望反抗，其实都在了无生趣的庸常现实张开其血盆大口时刻。在这个时刻，现实与梦魇、真实与荒诞之间的界限消弭，历史怪兽显形。

前述片段无疑能够表明双雪涛是个有着强烈历史意识的人，而与历史纠缠的方式确实能体现出一个故事高手的智慧和耐心。所以，尽管历史的幽灵常常在双雪涛的故事中闪现，但事实上，双雪涛并不是那种直面大历史写作的人，相反，一些历史信息会以极其简约的方式在文本中一闪而过，然后很快淹没在双雪涛精心编织的故事中。

“工厂的崩溃好像在一瞬之间，其实早有预兆。有段时间电视上老播，国家现在的负担很大，国家现在需要老百姓援手，多分担一点，好像国家是个小寡妇。父亲依然按时上班，但是有时候回

[1] 双雪涛：《飞行家》，《天涯》2017年第1期。

来，没有换新的工作服，他没出汗，一天没活。”[1]

这里有着双雪涛面对历史的自信，借用他评价自己另外一部小说时的话来说：“这一句话解决了故事背景、发生年代、幅员广度、个体认知的所有问题，最主要的人物也出现了。”[2]通读双雪涛现有的所有作品，不难发现，他对大历史变革与个体／群体日常生活之间的密切关联是极其敏感的，只是他不愿意把这些故事变成关于历史进程的肤浅论证材料。所以，大部分时候，讲故事时的双雪涛是这副样子：他只是在以从容、舒缓的反讽语调推进着故事，偶尔会瞥向历史，投过去一两个漫不经心的眼神，然后继续心无旁骛地讲述下去，哪怕是与历史正面相撞的时候，他也会视若无睹地穿行而过，似乎谁也不能阻挡他把故事讲完。事实上，当我们意识到历史从未在他的故事中缺席的时候才会发现，他早已把历史与人的紧张对峙编织进故事的纹理中。很显然，这个由精湛技艺所支撑的鲜明的小说观和历史观，即只有在精心编制的好故事的天罗地网中，历史怪兽才能以一种具体、丰富同时也更具说服力的方式被诱捕、显形。

三

就“虚构”的常识来说，这里并不存在特别复杂的地方。一代又一代的人的尊严、前途和命运如何成为历史怪兽的养料，双雪涛心知肚明且有切身体会，只是他不相信历史只有一种抽象的表情，哪怕仅仅只是狰狞和吞噬，也会有具体的姿势和形态，更何况历史与时代的每一次狭路相逢，最终要由一个个具体的人来承担。所以，在双雪涛的小说中，故事不仅是目的，也是手段，而历史不只是背景，同时也是以各种形态渗入故事的有机构成部分。两者之间的相互对峙、提防和彼此引诱、成全，也就成为需要依靠技艺和智

[1] 双雪涛：《平原上的摩西》，《收获》2015年第2期。

[2] 双雪涛、走走：《“写小说的人，不能放过那道稍纵即逝的光芒”》，《野草》2015年第3期。

慧来成全的事情。这些年，大家在与“虚构”有关的问题上，说得太多，做得太少，所以常常会忘记，在常识层面做到卓越，杰作亦能诞生。

正是在这个层面上，双雪涛的小说呈现了若干值得反复讨论的精妙之处。最重要的便是，如何利用“诱饵”诱捕历史。抛开话语禁忌之类的制度性问题，当代作家不乏虚构历史的野心，只是这野心仅仅表现为大而无当、外强中干的史诗情结，以至于让“虚构”拖着孱弱的病体在空洞的历史抒情和价值判断后面气喘吁吁、步履蹒跚，甚至暴毙途中。事实上，未尝不可把与历史相关的“虚构”理解为某种形式的祛魅。史学研究的主流是把历史还原为事件、数据和规律（或者说趋势），以证明这个学科是现代科学意义上的祛魅工程，同时史学理论本身的意识形态问题又会让祛魅的合法性变得迷雾重重。因此，与其迷信所谓史实的真实性、价值的正确性，将“虚构”降低为依附性的技术因素，倒不如直面“虚构”本身之于历史的可能性，即把历史从抽象意义层面解放，使之重新获得可观、可感、可交流的“肉身性”，借用梅洛·庞蒂一个说法，便是“不可见之物的可见性”[1]。历史发生的时刻，最初必然表现为人的遭遇，即个体的言行，并最终物化为文字和器物，这是历史消散后留下的蛛丝马迹。从这个意义上讲，“虚构”介入历史的方式，便是用器物和文字对人进行招魂，正是在这个过程中，历史逐渐脱离抽象意义上的神秘性和匿名性，逐渐呈现出具体可感的形态。这正是另外一种意义上的历史祛魅，即重建历史表情，或曰历史显形。所以，帕慕克坚持认为“小说本质上是图画性（visual）的文学虚构”[2]是有一定道理的，而他坚持的另外一个观念则为“虚构”如何介入历史这样的问题，提供了一个非常具有启发性的结

[1] 转引自[法]莫罗·卡波内：《图像的肉身》，曲晓蕊译，华东师范大学出版社2016年版，第67页。

[2] [土耳其]奥尔罕·帕慕克：《天真的和感伤的小说家》，彭发胜译，上海人民出版社2012年版，第86页。

论，即“物品既是小说中无数离散时刻的本质部分，也是这些时刻的象征或符号”。[1]帕慕克说这句话的时候，虽然并未明确指向“虚构”与历史的关系，但这句话却能很贴切地形容双雪涛在设置历史的“诱饵”（物品或器物）时所体现出的非凡的匠心和能力。

《摩西》无疑是一篇杰作，把它置于新世纪以来的小说创作发展态势中来考察，它的光芒依然令人瞩目。冷峻、简约的语言，步步推进而又沉稳的叙事节奏，鲜明但是克制的反讽，机巧但是极具说服力和平衡感的结构设计，等等，这一切精湛而又不炫技的审美修辞，为了一个好故事出现做足了物质铺垫，最终将这个多声部的悬疑故事以一种饱满多质的形态呈现出来。就故事本身而言，它不仅具有类型故事的感染力、流通性、可读性，又具有意义层次多维度解读的丰富形态。这里暂且只分析其中的一个细节，一种名为“平原”的香烟烟盒（或者说叫烟标）的作用。

“烟盒”最显而易见的功能，就是解决了情节设计的基本逻辑问题。故事里每个人的声音都是一条线索，众声喧哗，彼此纠缠，一直到烟标出现，错综复杂的线索才建立一种比较牢靠的逻辑关系，由此，故事冲出迷局，开始进入令人期待的“解密”程序。与情节转折并行的是多种意义在其中逐渐生成、汇聚。首先，香烟的上市年份是1995年，这个年份指向了国企改制及其带来的工人下岗潮。当历史与现实在文本中狭路相逢时，故事的起源便与宏大历史建立起了关联，同时“历史的原罪”的意味在现实语境中弥漫开来，越来越浓；其次，烟标上的那幅画源于一个日常场景，它是叙述者之一的李斐在现实困境中想起的“另一件很遥远的事情”[2]。历史变动前日常的美好与当下的绝境彼此提醒，历史就这样明火执仗地闯进私人记忆和日常领域，直白地宣示自身不容置疑的权威和暴力；再者，烟盒最后一次出现是故事结尾的时候：

[1]　[土耳其]奥尔罕·帕慕克：《天真的和感伤的小说家》，彭发胜译，上海人民出版社2012年版，第103页。

[2]　双雪涛：《平原上的摩西》，《收获》2015年第2期。

> 我把手伸进怀里，绕过我的手枪，掏出我的烟。那是我们的平原。上面的她，十一二岁，笑着，没穿袜子，看着半空。烟盒在水上漂着，上面那层塑料膜在阳光底下泛着光芒，北方午后的微风吹着她，向着岸边走去。[1]

烟盒在这里不仅仅是连接了两个个体的私人记忆，它延展开来则是历史变动前同属一个阶层的共同记忆。如果说，烟盒在情节上制造了一种戏剧化的冲突，即昔日的发小如今却是警察与犯罪嫌疑人的对峙，那么，冲突、对峙背后，秘密就再也无法隐藏。曾经为着某种目的被塑造起来的一个阶层如今又被同一种历史力量拆分为不同阶层，并随着代际传递日益隔绝。所以，隔开两人的那片水面在渺小烟盒反衬下，更像是历史的汪洋，表面上波澜不惊，实则暗流涌动，消除沟壑的“平原”永远只是停留在画面中的幻想。

我无意宣称《摩西》必将成为未来的经典，只是强调双雪涛在处理与历史有关的“虚构”时，将历史洞察力转化为创作实践的能力，这一点恰恰是当下许多作家所缺失的。无论如何，“诱饵”的精心设置让历史不断在一个好看的故事中不断具象化，于是，历史表达便言之有物，现实描绘又有纵深感，历史、现实、私情，血脉相连、彼此成全。做到这一点，一部充满意义张力的小说至少已经成功了一半。

如果说《平原》的篇幅给双雪涛诱捕历史提供了足够的空间和耐心，甚至可以将《摩西》视为一个作家的才华、灵感昙花一现的产物，那么稍后发表的短篇小说《跷跷板》[2]则让我们看到双雪涛在短兵相接时迅速捕获历史的能力。同其他作品一样，双雪涛用他一贯的冷峻、克制的语言和出其不意而又恰到好处的反讽语调讲述

[1] 双雪涛：《平原上的摩西》，《收获》2015年第2期。

[2] 双雪涛：《跷跷板》，《收获》2016年第3期。

着故事，医院陪护老人多少有点百无聊赖。然而，小说快结尾时，一具骸骨的出现，瞬间反转了小说的叙述基调，眩晕和惊悚的叙述氛围迅速回溯并统治了整部小说。这个眩晕和惊悚根植于对历史的深深恐惧，而“诱饵”正是压在骸骨上的跷跷板，移开跷跷板，便打开了历史的潘多拉魔盒。

事实上，“跷跷板”只在小说里出现三次，除了最后一次，前两次都显得无声无息，事后想起却令人毛骨悚然。它首次出现于一场有些寡淡的相亲时的聊天中，“跷跷板”对相亲对象（后来成为女友）而言，意味着童年记忆和父爱的化身。另外一次则出现在女友父亲的聊天中，女友父亲说自己在国企改制时期曾经杀死了同事，就埋在跷跷板下，但是“我”很快发现那个人依然在为女友父亲看守废旧的工厂，所以与其说这是临死前的忏悔，倒不如说更像是一个濒死前出现严重幻觉的人的胡言乱语。但是，当骸骨真的出现的时候，上述场景便被重新赋予了意义。我们固然可以把骸骨视为人性罪恶的证据，甚至可以说被掩盖的历史罪恶重见天日。然而，如此浅显、直白的隐喻绝不是双雪涛的目的。事实上，“跷跷板”两端所承载的意义所形成的张力才是这篇小说深刻之处。很显然，亲情、血缘、成长记忆等私人伦理在其中的一端高高扬起、闪闪发光，而另一端则是另外一番景象，以亲情为名而犯下的命案在私人伦理面前既合理又荒诞，此刻的“跷跷板”大约是平衡的。然而命案发生的源头则是，历史变动所造成的人际关系、个体命运的变动和阶层分化所造成的对立和隔阂，并在人性层面表现出来。当历史变动所造成的种种沟壑需要真实的血肉之躯来填平的时候，跷跷板便严重失衡，甚至有把私人伦理抛出的危险。在这里，追究死者究竟是谁没有丝毫意义，更为巨大的问号矗立在那里：在当今，我们竭尽全力保护的私人伦理和个体成长记忆，在多大程度上，不是历史暗中操作的结果。换句话，如果历史洋洋自得的狰狞表情才是一切真实的根源，而我们赖以凸显自我身份及其认同的私人领域只是幻象，我们将如何辨识自身和周围的景观。

前述提及的《飞行家》大概是双雪涛创作中相对来说比较直面历史的一部。一个壮志未酬的下岗工人和他的以替别人讨债为生的儿子，以一种极其荒诞的方式与这个世界做了了断。历史创伤的代际遗传只是这个故事表层意蕴，“飞行梦”及其承载的历史反讽才是有意味的形式。1979 年的初夏之夜，李明奇酒后在屋顶畅想飞行梦是这篇小说最精彩的地方，让人觉得“世间伟大的事情，好像都是从李明奇目前这种手舞足蹈的醉态里开始的”。[1] 事实上，这个国家刚刚摆脱一段梦魇般的历史，李明奇个人也正逐渐从因那段历史所导致的家庭变故的阴影中走出，所以说，此刻李明奇的亢奋并非仅仅是个人的偶发抒情，而是正与国家共同分享某种同质化的激情。所以，李明奇所畅想的飞行梦并非止步于个人兴趣，他的飞行器创意所展现的前景充满了浓郁的日常气息。因此，这样的梦想更像是国家情绪感染下关于未来社会形态的设想，毕竟李明奇连飞行器普及后的交通信号灯设计这样的细节都想到了，这很容易被理解为有关未来社会基本秩序想象的隐喻。只是时过境迁之后，先进工作者变成了社会弃儿，不变的只有个体的持续迷醉及其顽固的飞行梦，它矗立在那里，醒目而刺眼，以一种极其尴尬的方式提醒，历史随心所欲而又极其功利地对人的角色和身份进行赋予和篡改。当飞行梦通过一种非常简陋的方式即“热气球”来实现的时候，历史的荒谬感便升腾而起。这里的“荒谬”并非是审美修辞，而是事实描述。因为在这一刻，“历史”“虚构”“现实”之间的界限完全消失，三者完全实现了运行逻辑的同一性。马尔克斯与略萨的一段对话可能有助于形象地说明这个问题。在谈及“虚构”与“历史”“现实”之间的关系时，马尔克斯曾说：“在拉丁美洲，一切都是可能的，一切都是真实……我们周围尽是这些稀罕、奇异的事情，而作家却执意要给我们讲述一些鼻尖下面的、无足轻重的事情。”[2]

[1] 双雪涛：《飞行梦》，《天涯》2007年第1期。

[2] [哥伦比亚]加西亚·马尔克斯：《与略萨谈创作》，见《20世纪世界小说理论经典（下）》，华夏出版社1995版，第127页。

在马尔克斯看来，拉丁美洲始终以荒诞的历史逻辑在运行，现实中充斥着各种光怪陆离的事情。对此，作家的态度只能是："我以为我们必须做的就是直截了当地正视它，这是一种形态的现实。"[1]反过来说，直面拉丁美洲的历史和现实，即"那些极其可怖、极为罕见的事情"[2]，其结果便是修辞效果和故事内容中呈现的"荒诞"和"魔幻"。略萨对此的评价是，这是"给人以某种幻觉之感的这种习以为常的现实存在"[3]。直言之，这不是"虚构"层面的技巧和想象力的问题，而是对现实真实性的洞察力和对具体经验中历史痕迹的敏感性的问题。

四

双雪涛对历史的洞察力，在他较早的创作中已经展现出来。《聋哑时代》里的每一章都是可以独立成篇的精彩故事，因此这并非是严格意义上的长篇小说，更像是有着共同历史背景的故事集：

> 这样按部就班的一对幸福的工人阶级不会想到，到了我小学毕业的那个夏天，他们赖以生存的工厂已经岌岌可危，我在饭桌上听见他俩经常哀叹厂长们已经开始把国家的机器搬到自己的家里，另起炉灶……
>
> 那个外面一切都在激变的夏天，对于我来说却是一首悠长的朦胧诗，缓慢，无知，似乎有着某种无法言说的期盼，之后的任何一个夏天都无法与那个夏天相比。[4]

于是，随后的中学生活便成了这部小说的主体内容，然而这些故事无一不呈现出阴郁、压抑的扭曲形态。所以双雪涛对此评价

[1][2]　[哥伦比亚]加西亚·马尔克斯：《与略萨谈创作》，见《20世纪世界小说理论经典（下）》，华夏出版社1995版，第124页。

[3]　同上，第128页。

[4]　双雪涛：《聋哑时代》，北京十月文艺出版社2016年版，第5—6页。

道："我初中的学校，在我看来，是中国社会的恰当隐喻。控制和权威，人的懦弱与欲望，人的变异和坚持。"[1]不难看出，双雪涛很早就意识到自己的成长轨迹与大历史的纠缠。所以，写作便成为对这种关系的辨识和清理，既是对自身经验的重新确认，也是展示历史对人的塑造过程。对此，双雪涛有着同龄人少有的清醒："只有把初中的磨难写出来。而我一直认为，那个年龄对人生十分关键，是类似于进入隧道还是驶入旷野的区别。"[2]追溯青春记忆的历史起源，其实便是辨识、标记一代人与其他历史代际不同的历史经验、历史感受。如双雪涛自述的那样："写出我们这代人有过的苦难，而苦难无法测量，上一辈和这一辈，苦难的方式不同，但不能说谁的更有分量。"[3]这段自述很容易让人想起近些年的一个"伪命题"，即不断有人指责大历史在青年作家的创作中是缺席的，或者说"80后"作家不关心大历史。只是大部分讨论都是空洞无物的，显示了讨论者自身在常识层面的缺失：一是对历史经验、历史感知方式的代际差别视而不见；二是误把"虚构"中的"历史"理解为棱角分明、清晰可见的道具装置或舞台表演的幕布。事实上，双雪涛在《聋哑时代》这样的早期创作中就有力地反击了这样的指责，他不仅呈现了一代人的成长轨迹、生命历程如何被大历史塑造并区别于其他历史代际，更为重要的是，他通过写作表明，大历史就生长在个人具体的经验中，只有通过对个人经验繁复而精细的描绘，大历史才会以具体、可感的形态现身。直言之，只要个体经验处理得足够有张力、饱满、充沛，书写个体经验便是书写大历史，甚至可以说，个人经验即是大历史。

或许是因为这些经验都过于沉重，以至于双雪涛在看清历史的表情之后，总是试图逃避。《跷跷板》的结尾，"我"想"痛快地喝点酒"。《飞行家》结尾处，"我非常想赶紧回家睡

[1][2][3] 双雪涛、走走：《"写小说的人，不能放过那道稍瞬即逝的光芒"》，《野草》2015年第3期。

觉”。即便是《平原上的摩西》中貌似明媚的结尾，其实也是双雪涛对逃离意图的掩饰，因为这个想象过于自欺欺人。其实这不难理解，与历史缠斗是一个全神贯注、斗智斗勇的过程，而当历史怪兽真的现身时，无能为力的挫败感便蔓延开来。努力地看清历史真相后，绝望的倦怠感总是会扑面而来，除了立刻逃离的冲动，再也没有更好的办法。这不是双雪涛一个人的问题，而是处在历史阴影中的这个国家的民众普遍的精神困境。如果现在还要求作家通过“虚构”去解决历史困境或描绘未来蓝图，无疑是迂腐而愚蠢的。只是当下很多作家，连描述这种困境的基本能力都是匮乏的。双雪涛不仅出色地描述了这种困境，或许还找到一个能带来些许安慰的方法，即通过不失时机又张弛有度的反讽，抓住历史尴尬的时刻：

> 毛主席（笔者注：广场雕像）的大衣也开始掉毛，离远看去，好像患了牛皮癣，因为脸上的皮也掉了几块，所以原先和蔼可亲的笑容也看着诡异了，近于狞笑。[1]

事实上，反讽发生的时刻，也是文学自身虚妄显形的时刻。这样的时候，往往只是再次证明了一个道理：面对历史时，“虚构”确实只是“无能的力量”。然而，片刻的逃离、短暂的慰藉后，还是要继续面对历史，将西西弗斯式的缠斗进行下去，不管是主动还是被动。所以，这也是“虚构”还在继续被我们需要的理由。

（原载于《当代作家评论》2017 年第 1 期）

[1] 双雪涛：《生还》，《山花》2014年第5期。

沈苇："我突然厌倦了做地域性的二道贩子"

1990年代的时候，王家新提出"一种历史化的诗学，一种和我们时代境遇及历史语境发生深刻关联的诗学"。如果把这句话指向新世纪以来的诗歌史的观察和描述，便涉及两个层面的工作：一是"整体评价"和"文学史写作"的问题，即以何种方式在整体上对新世纪以来的诗歌生态进行历时性的描述和历史性的评价；二是如何在诗歌现场及时而具体地对诗人、诗歌进行筛选、评价和历史定位的问题，即寻绎、发掘或突出那些代表性作家和他们的代表作。前者涉及的新世纪诗歌史的叙述框架和历史语境，后者试图实现的是诗歌史的肌质和纹理。如果我们希望同时实现这两个层面的构想，那么这十五年来的代表诗人及其代表作的选择和阐释就显得非常重要。

沈苇之于新世纪诗歌史的意义颇具典型性。沈苇这批诗人在1980年代末进入诗坛，在经过1990年代的低潮期的沉默与探索，终于在新世纪贡献了独特的诗歌美学形态。所以，讨论沈苇不仅涉及当下的诗歌生态，而且可溯源至新世纪诗歌史的"史前史"，即"90年代诗歌"乃至"80年代诗歌"。从某种程度上讲，1980年代末初入诗坛的沈苇所面对的是凌乱而荒凉的诗学废墟。此时的当代新诗历经两次大的诗歌运动后，已经在诗歌的内外两个方面耗尽了能量。简单来说，整个1980年代的诗歌精神可以用对抗诗学来进行概括。政治诉求、文化反抗与现代新诗美学常识的建立，是“朦胧诗”的两种面相。“后朦胧诗”所谓的“回到诗歌”虽带有诗歌本体论意义上的诉求，然而其在诗歌技巧、语言、思想资源上的极端美学实验终究难以摆脱——以“朦胧诗”的美学成规及其相关的意识形态作为必须反抗的外部暴力并取而代之——这种非诗学诉求。正常情况下，几乎所有的先锋艺术运动在度过最初的极端激进时期之后，都会进入一个适度后撤、渐进包容的自我调整、修正的时期。然而一场政治运动及其相关的历史语境的急剧更迭迅速扫荡或禁止了诗歌内外可资利用的种种资源与可以反抗的目标，二十世纪八九十年代之交的当代诗歌便迅速陷入一种“无物之阵”的境地。经历过这一切的王家新在当时如是说：“季节在一夜间 / 彻底转变 / 你还没有来得及准备 / 风已扑面而来。”

这亦可以用来形容 1990 年代初期诗人“荷戟独彷徨”的茫然而孤独的状态。整个 1980 年代，不管诗人们如何张扬主体、个体等自由主义精神，但他们的诗学主张、实践终究表现为以个体面貌出现的群体性诗学景观：一个人振臂一挥，一群人响应云集。一个人总是在为一群人代言。“扑面而来”的“1990 年代”绝非只是物理时间的自然延伸，而是一个沉重的历史时刻的突然降临。1990 年代初的诗人意识到此前几乎所有诗学主张和实践在新的历史景观面前都无能为力。这种情境可借用海子的一句诗来形容：“草原的尽头我两手空空 / 悲伤时握不住一滴眼泪。”然而这种情境反倒促使诗人在度过 1990 年代初的“失语”期后，开始以孤独的个体重新探索词与物的可能性、诗歌与世界隐喻关系、诗歌在社会 / 历史结构中的位置等诗歌本体论观念。从这个角度来看，“1990 年代”在它“沉默”表象下是诸多孤独的诗学话语汇聚而成的诗学重建的时期，用诗评家张桃洲的话来说就是：“杂语共生、转型未竟。”

在这个时期，不仅是沈苇这样的诗人在逐步摸索、建构自身的诗学观，那些年龄比他大且已经在“1980 年代”诗歌史中占据一席之地的诗人们，如杨炼、欧阳江河、王家新、西川、韩东等人，亦在不断地摸索、调整自己的诗学主张和实践；而那些比他更小一些的诗人如朵渔，亦开始了他们的最迟的实验与尝试。三个代际的诗人共同建构了“1990 年代”诗歌的多种可能性。在诸多可能性的碰撞与交融中，沈苇终于在新世纪成为当代中国最为卓越的诗人之一。

谈及沈苇的诗歌，“地域性”是一个老生常谈而又不得不谈的话题。“地域性”像是如影随形的幽灵一般，始终跟随着像昌耀、沈苇这样的诗人。不可否认，“地域性”确实为沈苇的诗歌提供了文化地理学、人类学意义上的素材和诗学想象 / 审美空间，比如《新柔巴依》《滋泥泉子》；然而“地域性”的标签又会像一堵密不透风的高墙，把沈苇诗歌隐喻的阐释可能性划定在地理空间的边界之内，如此沈苇的诗歌将不可避免地沦落为地方风俗、文化、地质地貌的翻译、导游、形象代言。

文学创作 / 批评中“地域性”概念向来是面目可疑的。从“五四”到 1980 年代，对文学文本中“地域性”内容谈论的背后总是挺立着威严的启蒙话语，似乎所有的“地方性”问题都将成为有待拯救改造的对象。启蒙话语笼罩下的“地域性”批判还会衍生出一种基于地理空间划分的文化等级判断。比如，当“地域性”遭遇“京派”“海派”乃至“江浙”这样的地理 / 文化称谓时，它凸显的是对“优质”文化的褒扬与向往，而“地域性”一旦落实在内陆和边疆地区时，则难免露出“次等”文化的羞愧之色。更为暧昧的是，随着区域性经济落差的加大，对“地域性”的谈论更像是后殖民主义视角在多民族国家内部的变形挪用，因为作为“地域性”的边疆和内陆已经成为由权力和资本所支配的文化消费对象，这里有可资赏玩而又能随时抽身离去的“异域风情”和“异质经验”。所以沈苇会说：“文学的‘中心—边缘论’，已不是一种纯粹的文学话语，而是政治话语、经济话语和社会话语的偷换、借用。”（《答〈新京报〉吴亚顺》）

沈苇曾在诗中写道：“我突然厌倦了做地域性的二道贩子。”

他亦用“尴尬的地域性”作为一篇诗学随笔的小标题。因而，我们可以把沈苇的诗歌写作和诗学主张视为“去地域化的地域性写作”。我们可以从两个层面去理解。一、“地域性”边界的横向拆除。用沈苇的话来说：“还有更多地域色彩鲜明的作家、诗人，他们借助地域性的表达而抵达普遍的人性。”（《地域性及其他》，《中国诗歌评论》2012 年秋冬号）。《吐峪沟》是个典型的例子。在这个被称为“民俗活化石”的峡谷村庄中，诗人让我们见证了“死亡”与“生存”两种世界的并置和互换——“当他们抬头时，从死者那里获得 / 俯视自己的一个角度，一双眼睛”。《清明节》则虚构了亡者在祭祀仪式中的活动，在这些具体可触的日常场景中，“生”与“死”的界限彻底消弭——“死去的亲人吃橘红糕、糖塌饼、猪头肉 /……/ 死去的亲人在忙碌，赶着死去的鸡鸭牛羊 /……/ 无论如何，这是愉快的一天 / 聚集一堂，酒足饭饱，坟头也修葺一新 / 墓园的松柏和万年青已望眼欲穿 / 天黑了，他们深一脚浅一脚返回 / 带着一些贬值的纸钱、几个怯生生的新亡人”。这些具体的地域性经验（前者是边疆场景，后者是江南习俗），始终笼罩在普遍而永恒的诗学观察中。二、向下挖掘“地域性”的深度。沈苇说：“我对新疆消失的部分更感兴趣，它能有效点燃我们的历史想象。楼兰、米兰、尼雅等都变成了沙漠中的废墟（斯坦因所说的“沙埋文明”），成为梦境般的遗址，却令多少人魂牵梦绕啊。”（《答〈新京报〉吴亚顺》）这可以称之为“废墟诗学”。在沈苇看来，在废墟下面“那里：沉默深处 / 秘密在怀孕，美在怀孕”（《东方守墓人》），所以，“当你终于懂得欣赏废墟 / 时间开始倒流 / 向着饱满而充裕的往昔”（《废墟》）会成为沈苇的诗学诉求。在《楼兰》《东方守墓人》《废墟》《沙漠，一个感悟》等文本中，沈苇通过对“废墟”掩盖的地下世界的想象与复原，让多种时间、历史、文明、宗教在现实时空中实现了对话、交流、重叠、相互映照：“突厥语，波斯语，阿拉伯语 / 交换内在的信物和光芒 / 正如小径交叉的喀喇汗花园 / 慷慨的百花交换着各自的芬芳”（《喀什噶尔》），正如曾经在同一个地方，“塞人、蒙古人、突厥人、吐火罗人 / 曾站在那里，眺望天空”（《沙漠，一个感悟》）。具体的区域性经验，在这里经由诗人主体的修辞转换，向世界释放了时间、历史、文明、宗教复杂纠缠的多种面相。

最后，我想放弃假装专业的架子，来谈谈沈苇被普通读者接受的可能，这大概也是我作为一个诗歌爱好者、一个“诗歌界的外部观察者”迷恋沈苇的原因。《开都河畔与一只蚂蚁共度一个下午》所传达的情绪是，诗人面对弱小生命时所怀有的平等、谦卑和悲悯——“太阳向每个生灵公正地分配阳光”。这首诗作于 1992 年，这一年市场经济在中国全面铺展。多年之后，我们会发现，这首诗携带着对当下中国的巨大嘲讽而成为一个善良却永远无法实现的寓言 / 预言。在如富士康这样的工业园中，流水线上的工人们如蚁群般川流不息。在全球化的商业供求链条上，他们处于产业链的最低端。我们消费着他们廉价的青春和血汗，却没人“会注意一只蚂蚁的辛劳”，更别说“倾听它对世界的看法”。他们的死亡“不会影响整个宇宙的进程”，我们所能给予他们的“最简单的葬礼”便是茶余饭后对着报纸轻声叹息，或者聊胜于无地转发一下微博，在朋友的微信上点个赞，仅此而已。当悲悯在现实中缺失，残酷与漠然便成为抽干社会道德、生命价值的巨大黑洞。尽管我的这种解读会招致大家的藐视和反对，但我坚持认为，优秀的诗歌是经得起语境的抽离与重置的。如果我们试图让诗歌照亮庸常，这未尝不是一种可以考虑的尝试。况且，我一直认为在沈苇的诗歌中隐藏着社会学修辞的倾向，“诗性正义”在沈苇诗学诉求与实践中或隐或现。《安魂曲》《继续赞美家乡就是一个罪人》《加沙地道》等文本便透露出沈苇公共关怀和社会干预的冲动。

诗歌的社会学修辞有它的边界，但是新世纪诗歌重新出现向社会敞开的倾向，却是值得关注的。从某种程度上讲，这是“1980 年代”诗歌传统中的政治诉求和文化反抗精神在新世纪诗歌中的回响。在当下中国的历史语境中，我们还远远没到放弃这种传统的时候。

另外，我还想补充一句，《阳台上的女人》中尽管充满了复杂的修辞技巧和隐喻，但是对于大众而言，它仅仅被视为一种温暖而隐秘的情色想象，又有什么不好呢？

（原载于《文艺报》2016 年 7 月 15 日）

雷平阳的“乡愁”

诸多在20世纪汉语诗歌史、诗歌批评中默默无名的“60后”诗人在新世纪崛起，确实是新世纪诗歌景观中非常突出的现象。他们的诗学实践为汉语诗歌提供了诸多可能性，并逼迫诗歌批评不断反观自身概念、观念、方法的局限性。雷平阳便是这样一位诗人。

雷平阳喜欢谈“乡愁”，诗中亦频频出现带有云南地理标记的乡村意象，于是“乡土”“地方性”等词语自然会成为讨论雷平阳的高频关键词，因而他的诗歌亦常常被置于上述批评概念所涉及的意义范畴内去解读。在成为专业作家前，因为职业关系，雷平阳的部分诗歌涉及城市务工人员的生存景象，亦有部分诗歌涉及乡村的贫穷、衰败，这又使他的诗歌极容易被纳入“底层想象”等意义框架中去讨论。这两个方面的关联，使得批评界在城乡二元结构、地方性知识与全球化进程等问题上的焦虑在雷平阳的诗歌中得到了一定程度的释放。

布罗茨基曾说：“诗歌首先是一门关于指涉、暗示、语言相似性和形象相似性的艺术。在智人和写作人之间有一条巨大的鸿沟，因为对作家来讲，主题这个概念出现，也是以综合上述技术和工具的结果而出现的。写作存在一个过程；它是为自己的目的而使用思维，它消耗概念、主题，诸如此类，而不是相反。” 也就是说，某首诗歌为思想生产提供了恰当的素材、合适的例子，并不能成为评价诗歌优劣的标准，这仅仅只是我们评价诗歌的起点。在极端个人化的情思与不确定的语言之间相互逃离 / 寻找或相遇 / 碰撞的张力关系中生成的诗歌，从根本上是排斥在指向明确的概念、观念逻辑中运行的。或者说，优秀的诗歌永远坐拥多种暧昧不清的面相，与既定概念所揭示的部分真相形成鲜明对比，这又反过来促使概念反思自身的局限性并修正、拓展其包容性。

《亲人》是雷平阳的代表作。“狭隘、偏执”如“针尖上蜂蜜”般的乡愁，在逐步缩小的地理空间中显形。事实上，这是一首极容易被贴上概念标签的诗歌。“乡土”及其相关的情感表达在二十世纪的批评实践中很少作为复杂的具体经验被讨论。简单说来，鲁迅一脉的“乡土”是前现代中国的隐喻，在传统与现代价值对立框架中是启蒙和被拯救的对象；沈从文的“乡土”反转了这种价值预判，从而使得“乡土”在反思现代性的意义上获得承认。居于两者之间的则是阶级理论的兴起，“乡土”一方面依然是被改造的对象，同时更是建构新的乌托邦的历史工具。如今，这三种意识形态不同程度地参与了当下的地方性知识与全球化进程这种理论框架。因此，回到《亲人》这个文本，“诗无达诂”的古训提醒我们，优秀的诗歌会向多种意识形态敞开解读的可能性。然而问题在于，包括“乡愁”在内，几乎所有的具体经验都必然涉及某个层面的地方性语境。《亲人》正以一种逐步缩小地理空间并压缩至“针尖”的极端方式，强调具体经验的顽固性，这种顽固性允许意识形态的征用，然而却终究保持了一种偏执、多质、暧昧、复杂、开放的诗歌形态。这亦是诗之所以为诗的基本底线。

《亲人》里有一种偏激、饱满的情感指认，与其说是关于“丧失”的挽歌和追忆，倒不如说是关于语言、身份、血缘等在场的、不可更改的、恒久的起源事物的寻找。这一点恰好和《我的家乡已面目全非》形成对比。这首诗的开篇便是“我的家乡已面目全非 / 回去的时候，我总是处处碰壁”。这似乎开启了乡土抒情的挽歌倾向，随后的叙事和写实意象也似乎在为乡土的衰败提供例证。然而雷平阳似乎并不愿意读者在这种于当下显得多少有些陈词滥调的情绪中继续滑行，他说，“的确，我看见了一个村庄的变化 / 说它好，我们可以找出 / 一千个证据，可要想说它 / 只是命运在重复，也未尝不可”。于是，偏执的追寻、辨认与乡村不可抗拒的变化在词语中撕扯。事实上，正如前述所言，雷平阳的追寻从来不是抽象意义上的存在，而是具体可感的实在，如“贴着土地的美”，一如他所描述的变化亦是触手可及的变化，如“死去的亲戚”、杂交的“稻子”、新品种的“桃子”。雷平阳要把种种关于乡土 / 乡愁的情绪、判断在及物的语言和事物中缠绕。正如结尾的诗句，他牢牢地牵住隐喻的缰绳，在可控的范围内让其肆意生长而又不至于溢出滥情的边界，“而且我的父亲 / 和母亲，也觉得我已是一个外人 / 像传说中的一种花，长到一尺高 / 花朵像玫瑰，长到三尺 / 花朵就成了猪脸，催促它渐变的 / 绝不是脚下有情有义的泥土”。

我更愿意继续在“乡愁”的意义范畴内去谈论他的其他作品。如果我们愿意承认“乡土中国”这个社会学概念在文化层面对当下的中国仍具有指涉能力，那么雷平阳诗歌中庞杂的地域性标记、地方性知识，便不仅仅简约为行政区划意义上的“乡镇一城乡二元结构”中居住区域、生活方式意义上的农村，或者说是社会结构分层意义上的“底层”等方面问题。正如雷平阳自述的那样：“我以我的个人经验进行了反击，不代表所谓底层写作，基于道义和良知。在场、及物、道德，这些一度空洞的词条也因此成了我写作的信条，追问、审判、见证，这样一些非诗的词条又因此介入了我的书写。”从这个意义上讲，这些具体而复杂的经验在一定程度上构成了当下中国部分症候的表征，雷平阳的“乡愁”也就成为米沃什意义上的“诗的见证”。历史、政治的维度也是在这个层面渗透进雷平阳的诗歌。

《杀狗的过程》“见证”的便是一种“中国式屠戮”。杀戮和围观在不动声色的描述中呈现，类似的场景在中国发生得太多。

每一次都触目惊心，却又总是习以为常，以至于大多数读者都会审美疲劳地、不自觉地滑向由人性衍生出的种种肤浅想象或与生命有关的泛泛而谈。然而雷平阳的用意显然不在于此，当鲜血以“红领巾”“红颜色的小旗子”这样的意象出现的时候，历史、政治便借尸还魂——受伤的狗在温情脉脉地召唤中一次次爬向主人/屠夫，正如人群一次次冲向狂热的信仰/克里斯马（charisma）。当雷平阳用“回家奔丧的游子”来总结这种经验时，荒谬的历史便不只是被控诉的客体，它居然携带荒诞的诗意融入了当下的日常，成为我们生活的一部分。

《卖麻雀肉的人》描述了另外一场杀戮：“麻雀的小小的尸体，用一根红线串起/……把这么多胸膛都破开了/把这么多的飞行和叫鸣都终止了/他的沉默，谁都无力反对/现在，他只是一个量词/死亡的香味，不分等级/可以斤斤计较，讨价还价。”“我没有劝诫什么，反而觉得麻雀堆里，或许藏着我们共同的、共有的杀鸟技艺。”面对日常的杀戮，雷平阳取消了围观者的道德优越感和历史审判权。于是，人人都成为历史的同谋，人人都是愁云惨淡的乡愁的建构者和承担者。

或许这一切源于那些看不见的杀戮。在“文革”时期度过童年时光的雷平阳在三十年后故地重游，他发现，“我画的一个板报还在，三十年了”。这是刻在乡愁里的一道历史伤痕：“抄录的文字中，还弥漫火药的气息/而非童心！”政治规训之于儿童的意义正在于“童年的消逝”——另外一层意义上的杀戮。历史的因袭和政治的重负从未因“引领过我的思想都是废墟了”而消逝，而是成为“我小小的敌人/一直潜伏下来，直到今日”（《小学校》）。于是，“中国式屠戮”便成为一种文化基因或隐或现地出现在各种经验中。

（原载于《文艺报》2017年1月18日）

第三辑

方法

“卑贱意识”与作为历史证言的文学批评

一

“卑贱意识”是黑格尔《精神现象学》中的一个概念，与此对应的另外一个概念是“高贵意识”。在黑格尔看来，人类的历史进程就是精神自我实现的过程，这个过程是通过个体意识与外部社会权力之间不断变化的关系来实现，这个社会权力指的是国家的政治权力和财富权力。在精神自我实现的最初阶段，个人意识与社会权力之间是和谐的、顺从的、一致的，后者对前者有一种“内在的尊敬”感，黑尔格认为此时的个体意识具有“高贵意识”的品质。事实上，黑格尔提前预设了精神的本质在于“自为自在”，这便意味着它最终要从诸多限制性条件中解放自身。所以当个体意识与外部社会权力进入一种对抗、质疑的关系时，一种新的精神品质便产生了，即“卑贱意识”：

> 卑贱意识视国家的统治力量为压迫和束缚自为存在的一条锁链，因而仇视统治者，平时只是阳奉阴违，随时准备爆发叛乱。[1]

简而言之，在黑格尔看来，精神的自我实现从“高贵意识”到

[1] [德]黑格尔：《精神现象学》（下卷），贺麟译，商务印书馆1997年版，第51页。

"卑贱意识"，是巨大的历史进步；同时，"卑贱意识"的出现也就意味着精神实现"自为自在"的状态成为可能。

如果我们注意到，黑格尔得出上述哲学论断时使用的例证是一部文学作品，即狄德罗《拉摩的侄儿》，那么在不扭曲黑格尔基本哲学观点的前提下，未尝不能把他的这个写作片段视为一种"复杂"的文学批评。事实上，这也是黑格尔的写作年代里一个非常典型的文化现象，借用法国马克思主义理论家皮埃尔·马舍雷的话来说：

> 文学和哲学错综复杂地混合在一起。这种状况一直持续到历史在两者之间建立了一种正式分割的时刻为止。这个时刻大概是在18世纪末，即"文学"这个词开始被用于现代意义的时候。[1]

简单说来，如今我们所谈论的文学以及谈论文学的方式（文学批评及其相关理论）是文化分工、历史生产的结果。事实上，我感兴趣的并非是"文学""哲学"乃至"历史"等学科现代性话语的建构历程。恰恰相反，在现代性话语尚未充分展开或者说文化分工的律令尚未成为权威意识的时候，这种边界模糊的写作所充分体现的自由度、创造力和建构性，才是我关注的重心。

二

重提黑格尔的这个写作片段，一方面是因为类似的写作现象在此后诸多思想史、哲学史中的大师的写作中保留下来，另一方面无非是在构想一种开放、含混、模糊文体类型却又极具思想张力的写作，之于当代中国文学批评的可能性。

在重建当代中国文学批评的有效性时，需要重视黑格尔式的

[1] [法]皮埃尔·马舍雷：《文学在思考什么？》，张璐、张新木译，译林出版社2011年版，第4页。

“复杂”文学批评所彰显的一些启示。很显然，从形式上来说，文学批评之于文学是一种“依附性”关系，这也是文学批评作为“次要的”“从属性”的写作始终挥之不去的焦虑。然而，如何理解这份“依附性”焦虑却是一个很重要的问题。首先，从形式上讲，从文学作品到哲学观点的写作过程，其实是一个文学批评摆脱“依附性”关系的过程。在这个过程中，文学批评颠倒了其与批评对象的从属性关系，把作品变成了素材。经由批评对象这个“中介”，文学批评恢复了其作为“写作”的主体性和开放性。这便意味着，“文学批评”超越所谓“文学”边界，自由地出入更为广泛、多元的表达领域成为可能。

其次，“依附性”关系能否被有效地扭转，还取决于文学本身是否具备某种属性，这种属性主要体现为，作为批评对象的文学其内容/形式本身及其与历史语境的关系是否具有典型性，即某种表征意义上的“症候性”。具体而言，这部《拉摩的侄儿》在黑格尔及其以后的年代里曾被歌德、帕斯卡、马克思、弗洛伊德等思想/文学大师谈论过[1]，并被黑格尔称之为“现代文化的境遇、精神状况的范本”[2]，它在根本上涉及的现代社会中作为个体的人的“自我”觉醒和分裂（或称“异化”），这不仅事关黑格尔所处年代的“时代主题”，而且事关此后历史进程中不断被提及的重要人文、社会话题。所以，正是这部作品所呈现的“症候性”，为黑格尔式的、超越“依附性”关系的、复杂的写作提供了可能性。借用黑格尔另一个概念来说，这其实是“依附性”关系的“辩证法”。

再者，根据前面的分析，不难得出一个结论，即文学批评只有主动介入具有“症候性”的文学作品，才能摆脱依附性的焦虑，成为某种精神资源，参与到历史语境中的社会、思想、文化建构中。

[1] 参见[美]莱昂内尔·特里林：《诚与真：诺顿演讲集，1960—1970年》，江苏教育出版社2006年版，第二章。

[2] [美]莱昂内尔·特里林：《诚与真：诺顿演讲集，1960—1970年》，江苏教育出版社2006年版，第30页。

这便涉及了文学批评的公共性问题。黑格尔的“卑贱意识”的意义正在于，它提醒文学批评在本质上是一种创造性的精神活动。只有具备了“卑贱意识”的文学批评，方能以更为清醒、独立的姿态发挥其文化政治功能，有效地参与到历史进程中。

三

尽管黑格尔式的复杂的文学批评这种写作现象一直持续于此后的历史中，但是从理论上为这种文学批评写作方式辩护，却只是少数批评大师孤独的探索。这大概是因为文学批评在现代性话语建构的开端所确定的方向，与文学有所不同而造成的。在这里，仅举几个典型的例子来简单描述一下这个问题。“文学”在“哲学”“历史”分离之后，获得了鲜明的主体身份以及源源不断的理论支撑。而文学批评的现代性建构起点，却显得来路不明，身份卑微：

> 有一块希望的土地，批评只能够对它做出召唤。这块希望的土地并不是我们可以进入的，我们将死于荒野：或许，从远处向它致敬，这在同时代人中间已经是最高的荣誉了；当然它将成为后世所加以评论的最好的题目。

如果我们知道这句话出于文学批评现代性话语奠基人之一马修·阿诺德之口，那么便不难明白，文学批评的现代性身份的起点，依然是向文学致敬的从属之物。换而言之，“死于荒野”的文学批评成为一种“次要的”文体和话语。

一百多年之后，杰弗里·哈特曼将这句话印在了那本著名的图书《荒野中的批评——关于当代文学研究》的扉页上。哈特曼并非为了致敬，而是把阿诺德代表的批评观念传统，即“文学世界中指定给批评的处于二流地位的那种非创造性的和附属的功能”的这种偏见，当作解构、批判的目标。哈特曼指出：

> 因为所有的批评都必定需要一种再思考，这种再思考本身就是创造性的，其他的人也认为它是创造性的：在研究和生活的每一个方面，这种再思考是一种对于非真实的事物的存在和关于存在的虚构的一种细察。[1]

于是，“创造性”表达、“虚构性”叙述成为文学批评的话语属性，而在通常的观念里，这样的语言行为一直被视为文学的独特属性。正是基于这个理由，哈特曼提出了“作为文学的文学批评”的著名论断，文学批评由此获得了与文学同等的价值地位。哈特曼的思路继续推进：

> 当真正对一种先验的理念有兴趣时，迫使批评家去“描述”或“评论”一件人工制品。这首先是比所有可能的虚构更重要和更伟大的虚构（Dichtung）的理念；同时，以其反讽的或者非正式的方式，批评家专门服务于那种理念。[2]

很显然，哈特曼强调的是，在作为话语实践的文学批评活动中，文学将不可避免地成为“次要的”“从属性”的话语和文本，而且意味着文学批评脱离文学文本或者说无须文学作为参照而独立存在的合理性、可能性。

如果说哈特曼还试图通过繁复、严谨的理论探索去消解偏见，把观点建立在更为扎实的学理论证上，那么莱斯利·菲德勒这位批评大师则直接跳过这个程序，依凭他丰富的批评实践直接宣布：

---

[1] [美]杰弗里·哈特曼：《荒野中的批评》，张德兴译，天津人民出版社2008年版，第17页。

[2] 同上第222页。

> 只要从事这项工作的批评家牢记在心：他本人就是在写关于文学的文学、关于小说的小说、关于神话的神话。想一想尼采的《悲剧的诞生》和托尔斯泰的《艺术是什么？》吧，文学批评唯有当它们不是旨在证明或者反驳、建构或者解构任何东西，而是像它们的直接成因——诗歌和小说一样，其高论精见与奇迹难分难解之时，方有望长久流传下来。如是，它们自身就是种种“元神话”（meta-myths），它们的写作依据不是科学的严谨论，不管是软的还是硬的，而是开放性、含混性、蔑视逻辑，或者，纯粹就是它们所包容的神话“真理”。[1]

除却菲德勒斩钉截铁的论断，还需要注意的是菲德勒举出的一个例子，即尼采的《悲剧的诞生》。这正是典型的黑格尔式的复杂写作，亦是我所构想的复杂的文学批评的一种状态。若继续借用哈特曼的说法，这种批评可被称之为“创造性批评”，它得以存在的前提便是：“把批评活动从它的肯定的或评论的功能中解放出来，从它对于被加以评论的事物的从属中解放出来，无论被评论的是人工制品还是一般的主题。”[2] 其精神内核就是以卑贱意识和自由创造的主体性去对文学进行非常“强势”地“挪用”和“降格”，如萨义德所言：“批评论文所做的，只是开始创造借以判断艺术的价值观。……但又表明，批评家怎样在实际上挪用了他们为自己正在予以判断的作品开始创造价值观的那种功能。”[3]

以上几个典型例子的简单列举，并非是试图梳理文学批评主

[1] [美]莱斯利·菲德勒：《文学是什么？高雅文化与大众社会》，陆扬译，译林出版社2011年，第114—115页。

[2] [美]杰弗里·哈特曼：《荒野中的批评》，张德兴译，天津人民出版社2008年版，第218页。

[3] [美]爱德华·W.萨义德：《世界·文本·批评家》，《世界·文本·批评家》，李自修译，生活·读书·新知三联书店2009年版，第85页。

体性的建构历程，而是为了强调一个历史事实。首先，在现代性话语尚未充分展开及以前的年代里，存着一种朴素而复杂的写作方式，“朴素”指的是这种写作是一种边界模糊、自为自在的精神活动；“复杂”指的是（以今天的现代性眼光观之）这种写作所呈现出的充沛的思想活力和重要的历史信息。其次，这种隐秘而伟大写作/精神传统在现代性话语充分发展的历史进程并没有被淹没，反而在一些卓越的批评/理论大师那里获得了理论支撑和具体实践。只是与那种根深蒂固的以文学文本为中心的批评传统相比，这种“创造性批评”并未得到广泛的支持和充分的实践。

因此，在我看来，重建当代中国文学批评的有效性，需要树立这种基本意识：作为文学批评对象的文学，并不必然构成文学批评存在的前提条件。文学批评存在的合法性只源于自身，而非任何外在于批评行为的东西。在这个意义上，文学批评不仅仅摆脱了附属性功能的限制，而且像文学那样成为意义自足的文本和话语实践。甚至可以说，在文学批评的话语实践过程中，作为对象的文学已经内化为文学批评的价值构成的一部分。文学批评和文学之间关系的颠倒和扭转意味着，作为对象的文学在文学批评中是作为文学意义上的阐释对象，还是作为非文学文本看待，或是仅仅作为某种观念的例证与媒介，或者仅仅是批评行为发生一个可有可无的缘由，则是由具体的文学批评实践的开放性、独立性、自主性决定的。

四

在我有限的批评实践经历中，我个人对上述观念的偏爱，并非基于文学批评的职业尊严和专业规范。而是因为文学批评的独立性在当下中国的历史情境中所展现的可能性。当下的文学批评被两种模式所主导。一是依凭概念和理论对文学文本、文学现象进行整合和阐释。这里存着一个可能的陷阱，当过分依赖某种理论和某个概念时，便已经提前预设了批评论述过程和价值判断。这里涉及的情况，一方面是使用某个思想脉络下的理论和概念去观照不同的对象，所造成的同质化的知识生产；另一方面是使用不同的理论介入类似的对象，误以为不同的价值判断便是知识创新。很显然，文学批评作为一种创造性的精神活动，不仅是知识生产，更是意义生产。过分依赖理论和概念以及刻意的价值逼供所带来的，只能是知识的重复生产，而重复生产的知识恰恰是没有任何意义的。二是文学史脉络下的文本、现象解读。这种模式有其合理性，它强调的是历史脉络下新事物的“变”与“不变”。只是任何历史和传统都是被叙述的历史和被发明的传统，过于倚重这些价值坐标，只会将文学批评变成面向过去的价值招魂，这对可能出现的“异质”和“断裂”是一种遮蔽，也是对文学批评中的自由精神的一种束缚。从根本上来讲，这种模式的滥用，实际上是对艾略特所言的“新作与传统秩序重新调整”这个观点的庸俗化、技术化的理解。

借用阿兰·巴丢的说法，在某些情况下，文学批评对新现象、新文本的探索，正如一些偶发的“事件”，它切断了“历史链”，在“断裂”处，希望和生机才有可能生长出来。因此，我更愿意抛开一些先验的前提，把文学批评重新拉回自由的言说和创造性的精神活动这个起点上去考虑它的有效性。

我把文学和文学批评均视为个体言说的方式和权利，区别在于，作家以“虚构”作为言说的方式来完成关于个体、历史、社会的描述和想象，而批评家则是以“虚构”作为讨论对象或中介来完成价值判断。因此，在尊重文学批评的方式和类型的多样性的同时，我更关心作为“写作”“表达”的文学批评如何与现实世界碰撞与交流，如何参与当下历史形态的建构，即构想一种以“卑贱意识”为精神内核的作为历史证言的文学批评。所以，在具体的批评实践中，我并不太关心具体的文学文本在“审美”及其相关的价值领域呈现的可能性，而是聚焦于自身所携带的种种经验、知识、价值体系与具体的文学文本中所呈现的价值形态之间的对峙和沟通，这是一种基于交流的相互质疑、辩驳、说服、认同。也正是在这个意义上，我对“强势”的文学批评情有独钟，在此类批评中，文学成为批评家自身意识形态的素材、例证或媒介。坦率地说，这是我理想中的文学批评的“话语霸权”的体现：它使得经验、观念、思想层面的讨论、传达突破传统意义上的文学范畴，从而具备了更多的公共性；同时，它又因为有“文学”作为幌子，亦为“异端”或“偏见”的发生提供了途径和土壤，而所谓“异端”和“偏见”正是激活公共讨论、为历史发展提供新的可能性的动力之一。最后，我想借用我喜欢的批评大师萨义德的一个判断来结束本文，很显然，这段话能够精辟地终结而且超越我的喋喋不休：

> 假使我就批评（不是作为一种变体 modification，而是作为一种界定清晰的形式 emphatic）始终如一地使用一个字眼的话，那就是反抗的（oppositional）。如果批评既不可能还原成一种学说，又不可能还原成有关特定问题的一种政治立场，如果它是在世的（to be in the world），同时又具有自我意识，那么它的身份就在于它与其他文化活动，与思想或者方法体系的差异。就它怀疑总体化概念，就它不满于物化的客体，就它难以忍受行会、特殊兴趣、帝国主义化的封地和正统的思想习惯而言，批评在大多数情况下就是它自身，而且，如果默认这一悖论的话，批评，只要它开始成为有组织的教条的时候，也就在大多数情况下不像它自身了。“反讽的”（ironic），用在“反抗的”上面，并不是一个不好的字眼，因为总的来说——这里我想说得明确一些——批评必然想到自身是张扬生命的，而且从本质上说，它反对种种暴政、统治和虐待；它的社会目标在于为人类自由而产生出来的非强制性的知识。[1]

（原载《南方文坛》2017 年第 4 期）

[1] 爱德华·W.萨义德：《世界·文本·批评家》，李自修译，生活·读书·新知三联书店2009 年版，第47—48页。

作为“札记”的文学批评
——从“重读”苏珊·桑塔格谈起

历史的幽灵与现实狭路相逢，是写作发生的时刻：肉搏或凝视，旋律或噪声，速朽的躯体，延宕的意义，瞬间的火花……总有一些星光、微声和只言片语逃逸控制、偏离轨道、挣脱惯性，预言未来的样子。

——题记

一

并非所有写作行为的发生都需要一个目标明确的前提或者说一个决定性的时刻。很多时候，写作的发生充满了偶然，随意翻到的一行字、一个标题或者一个单词，甚至是几本书摞在一起时几个书名并置所产生的效果，比如“启迪”和“文字即垃圾”、“反对阐释”和“开放的作品”等等，都有可能刺激写作的发生。肇始于偶然因素的写作，大约也会在进行的过程中不断地调整。对于一个还在“学徒期”摸索的人来说，接受意外、偶然、不确定性，其实意味着对指向未来的种种可能性的期盼。

原本是为了核实、查对某个观念而重新打开一本读过的书，想要做的事情没有完成，而平时散落于脑海中的某些只言片语开始具备了某种形式，于是便有了以下的文字……

二

如果文学批评在当下算是一个正当的职业的话，那么，在漫长的“学徒期”中大约总会有这样一个阶段，就是对理论和大师批评经典如饥似渴地阅读。这种饥渴并非仅仅是因为知识的匮乏，而是很大程度上源于名震天下的野心和虚荣心。于是，阅读行为变成了寻找闪闪发光的金句和气势恢宏的论断的过程。因为，总是迫不及待地要在随后的操练中能及时地把它们镶嵌在文章中，所以，写作的过程也就成了制造“我在说，世界在听”的幻觉的过程。然而未经有效审视和转化的知识实践总是来得汹涌，耗散得迅疾，如同幻觉来去如风。总是用不了多久便会发现，一篇篇貌似华丽而深沉的成品，其实只是骷髅新娘，经不起细看和推敲，轻轻一碰，大师的残骸散落一地。“学徒期”的写作像是醉酒时砌出的歪歪斜斜的墙，幻象里却是一条伟岸、绵延的长城。清醒之后，一切需要从头再来。若想建造一栋美丽的房子，就需要不断地观摩那些著名的建筑，不仅需要观察材料、结构和造型，还要勘察地势和周边的风景。

必须承认，学徒期的写作大多是假装高深实则幼稚的写作，单纯的野心混合着自以为写作有捷径可走的虚荣心和小聪明。然而写作终究是一种个人行为，倘若有人愿意停留于此，大概也没什么好指责的。如果对写作本身还有期待，那么进步则有赖于自我反思和自我检讨，“重读”将是其中很重要的一个环节。

对于学徒而言，那些令人着迷的句子之所以看上去纯粹、坚定、耀眼、透明，大抵是过滤、提纯杂乱的历史信息的结果。“重读”便是重建围绕着这些句子的嘈杂的现场、纷扰的现象，辨别周围的噪声，揣摩作者站立的位置、观看的视角，想象其思辨、写作的过程。

选择重读苏珊·桑塔格完全是一次意外。同往常一样，我携带着明确的功利目的，为了查找疑似她说过的一句话以便于引用，而重新翻阅《反对阐释》这本书。最终，我并没有找到那句话，然而从刻意地寻找到散漫地翻阅的转变过程中，很多“意外”出现了，于是便想写点什么，其中很重要的一部分便是前面已经写下的那些文字。《反对阐释》出版于 1966 年，收入的文章皆写于此前的五年间。1960 年代无疑是欧美社会、文化激变的时代。苏珊·桑塔格和她的同代人站在历史的漩涡中，她如何对周遭的世界做出反应，如何拣选时代的碎片并迅速做出判断，重新想象这种状态和过程远比寻字摘句更有意义。至少对我来说，这是基于写作上自我要求而必须进行的另一种学徒期的训练：训练如何在复杂的历史语境中辨识出时代精神，学习如何在层出不穷的事件和眼花缭乱的现象中发现未来可能的方向，如同在沙漠中寻找绿洲，在荒原中探寻宝藏。

三

坦率地说，苏珊·桑塔格的文字和观念远非高深莫测，她亦没有站在人类精神顶峰充当“哲学王”的意图，她的写作是对肉身撞击周遭世界时具体经验的描述和判断，是典型的“批评”。因此，与其将其视为遥不可及、高高在上的经典，倒不如想象这一切从现象、经验到语言、文本的发生过程。

所以，“重读”并非仅仅是知识层面上的“温故知新”，更非仅仅是针对特定的文本或个体，它更像是一种自我反省和自我检讨，这种行为所唤起的是对过去写作和阅读的否定、修正，进而重新打开。

举个例子吧。重读时，遇到了这样一句话：

> 趣味没有体系，也无以验证……感受力几乎是难以言喻的，但并非完全不能言喻。任何一种可以被塞进某种体系框架中或可以被粗糙的验证工具加以操控的感受力，都根本不再是一种感受力。它已僵化成了一种思想……
>
> 要以言语来框定一定的感受力，尤其是一种活跃、旺盛的感受力，人们必须审慎而灵活。要把握这种独特

> 的难以捉摸的感受力，札记的形式似乎比论文的形式（它要求一种线性的、连贯的论述）更恰当一些。[1]

这段话出自著名的文章《关于“坎普”的札记》。对批评文章的阅读，大约最吸引人的总是与批评对象有关的直接的价值判断。正如我当初阅读时，最为急切的便是弄清楚何为坎普，如何描述和判断它。事实上，当这篇文章再次出现时，我发现自己早就记不得那些曾被标注过重点的句子。重读时，我发现自己也不关心她如何描述、判断坎普，脑海里反复出现的两个字居然是“札记”。

为什么是“札记”？“札记”是一种片段式写作，苏珊·桑塔格曾在评价罗兰·巴特时，将这种形式总结为：“以片段、插曲或‘注释’的形式写作必须要有新鲜的、序列的（而不是直线型的）排列形式。这些序列可以通过某种主观任意的形式表现出来。”[2]她简单地梳理了一下脉络，并提及了克尔凯郭尔、尼采和维特根斯坦等人。巧合的是，几乎在《关于“坎普”的札记》（1964年）发表的同时，乔治·斯坦纳（1965年）对维特根斯坦的写作做出了类似的描述：“它由格言警句和数字构成，似乎是从另一类型的确定书写中借用的。”[3]并将这种形式的写作称之为“毕达哥拉斯文体”。在文中，除了提及前述的那三个人，还提到了本雅明、布洛赫等人。当然，我们还可以列出更多的名单和书单，如布朗·肖、波德里亚、巴迪欧等，去证明“札记”是大师批评/理论写作谱系中一个多么重要的文体。苏桑·桑塔格自然是这个脉络中极其重要的一个环节。

事实上，命名的差异并不影响我们对于“札记”的基本理解。

---

[1] [美]苏珊·桑塔格：《反对阐释》，程巍译，上海译文出版社2011年版，第302页。

[2] [美]苏珊·桑塔格：《重点所在》，陶洁、黄灿然等译，上海译文出版社2011年版，第83页。

[3] [美]乔治·斯坦纳：《语言与沉默：论语言、文学与非人道》，李小均译，上海人民出版社2013年版，第104页。

所以，重要的是，我们需要意识到，作为批评文体一种的“札记”是一种非常重要的思想呈现方式和文体风格，它既是形式主义的，也是方法论的。苏桑·桑塔格曾非常精辟地总结过这种兼具形式感和思想冲击力的文体的基本特征：

> ……警句式的模式，其宗旨在于概括某些东西。格言式思维的本质在于总是处于结论的状态中；一种要得出最后结论的企图内含于所有强有力的创造警句的活动之中。[1]

然而必须承认，在我们写作的时代及价值判断体系中，札记是等而下之的文体。它意味着印象、不连贯、感性……这些词语以及类似的表达都在暗示：经验描述上的不可靠和知识、意义上的欠缺和匮乏，大约就是这种写作难以摆脱的宿命。站在“札记”对立面的，是一种叫作“论文”的写作和文体，它预设了“体系”作为总体性特征，逻辑、理性、客观等词语及其所包含的要求围绕着这种形式的写作，真理的知识形态、意义的深度等是写作行为开始时就被预支的期待和赞扬。这种区分无疑已成为文学批评写作的“常识”。

我想，在人文精神充满活力的社会中，“常识”的建立，是不同的精神现象及其成果多元竞争、民主协商的产物。不同类型、方式的知识表达和价值呈现都应该得到平等意义上的尊重，至少这应该成为评价具体的精神现象及其成果前需要遵循的前提。若以知识的生产方式和精神成果的形态作为划分知识的意义及其价值等级的前提，那只能是有着历史根源的制度规训的结果。

很长时间以来，我们已经习惯了触手可及的一切都被编织进制

[1] [美]苏珊·桑塔格：《重点所在》，陶洁、黄灿然等译，上海译文出版社2011年版，第80页。

度之中，在这样的社会进程中，那些未经反思或者未曾觉察的包含着歧视、压迫、奴役的社会现象、精神现象都因为卷入制度化进程而获得合法性，包括批评实践及其评价体系在内的文学制度亦存在类似的情况。大家似乎都已经习惯了在制度规训的前提下去思考问题，久而久之便遗忘了，并非所有的制度都起源于对历史形势和现实状况的顺势而为，有些情况可能是回避历史震荡时出于自我保护的权宜之计，慢慢地却变成了作茧自缚的制度安排。

或许是习惯了安逸、顺从以及一些制度性奖赏，大概也就懒得去做一些改变。这时候，历史的同情变成了掩饰苟且的借口。以奖赏顺从作为维持制度运转的基本手段，并不是什么难以理解的事情，只是当这样的事情在人文精神领域成为常态的时候，死魂灵的时代重新降临的日子大约也就不远了。按照制度的指引，日复一日、乐此不疲地制造着荒诞，荒诞本身也就成了常识：我们以“论文”的姿态去阅读、引用、转述这些被视为“经典”学术文献的“札记”的同时，却排斥支撑其形态的思维和方法，并不断地安慰自己，从来如此便是对的。

四

这便是我们身处的写作环境及其滋生的症候，大概可以借用罗兰·巴特所言的“体系硬化症”来描述。这个概念之所以被桑塔格提起，正是因为巴特的写作所呈现的“断片的理念”[1]和“格言式表达”[2]以及由此呈现的“坚定和简洁”[3]的文体风格，即所谓“札记”式写作，针对的正是这种症候。

事实上，文本形态和语言风格只是我们讨论“札记”的起点。因为语言、体例和结构等层面的问题毕竟只是可供模仿的技术操作

[1] [美]苏珊·桑塔格：《重点所在》，陶洁、黄灿然等译，上海译文出版社2011年版，第84页。

[2][3] [美]苏珊·桑塔格：《重点所在》，陶洁、黄灿然等译，上海译文出版社2011年版，第300页。

问题。而“札记”的张力在于支撑这些操作的问题意识、思维方法以及相关的意识形态。这也正是苏珊·桑塔格所强调的：

> 一个多世纪以来，对于体系架构者的敌意一直是显示优雅思想品位的一种周而复始的特点。众多具有卓尔不群（其实是难以忍受的）优越感的人宣告了体系的荒诞性，其中包括克尔凯郭尔、尼采和维特根斯坦。对体系的蔑视，以其强大的现代形式，成为反对法律、反对强权自身的一个方面，另外一种比较陈旧而温和的拒绝存在于从蒙田到纪德的法国式怀疑论传统之中……[1]

那么，就先谈谈“体系”的问题出在哪里。

首先，“体系”并不一定就意味着意义上的反动和僵化，但是“体系”作为知识和意义呈现的某种方式，从经验的归纳到体系的建构，它有着自身无法解决的逻辑悖论。一方面，“体系”追求总体性，是人类探索世界真相和本质的很重要的方式，它假设通过知识的归纳和抽象能够逼问出“洞见”；另一方面，这是经验的复杂性和意义的繁复性被不断规整、提纯的过程，而规范之外的意义将被压制或剔除。在这样的时刻，“盲见”与“洞见”往往只有一线之隔。我们所亲身经历的有限的历史进程中，已经有许多事实证明，不被“体系”接纳的知识和意义并不一定就是世界的残渣，事后的追溯与重新发现在历史的黑洞面前显得微不足道。更为严重的情况大概会发生于“体系”的拒绝与权力相遇时，知识生产和意义呈现也就成了制造历史幻觉的手段。这个时候，“体系”的面相便由对真理的偏执的自信变成了迷信或假装迷信的野蛮和杀戮。

再来谈谈体系的历史困境。所有的知识和意义发生都存在着

[1] [美]苏珊·桑塔格：《重点所在》，陶洁、黄灿然等译，上海译文出版社2011年版，第82页。

历史起源，或者说，所有知识和意义的最初形式都是面对具体的历史困境所提出的解决办法，但是体系化的过程却是抹去历史痕迹的过程。因此，形成于特定语境中的知识体系面对流动的历史和变动的世界时，如何保持有效性，这是一个困境。吸收新的经验意味着“体系”的改动，而“体系”的自身运动逻辑却是趋向封闭。

所以，“体系”的困境便成为反观“精神形式和精神运动”[1]之一种的“札记”的参照系。与追求本质、真理等总体性要求的“体系”相比，“札记”无疑更为“现代”，它质疑“本质”在流动的世界面前可能出现的僵化和反动，它反对“抽象”所隐含的肤浅和轻率对精神深度和复杂性的消减和抹平，它对抗“权威”对歧义和异质的粗暴消灭。所以，乔治·斯坦纳亦曾简洁地定义过“札记”的精神特质：“它使怀疑和严格评估成为自己的句法、风格和对象。”[2]这与前述桑塔格的观点大致相同。

然而，必须强调的是“札记”的精神气质并非是对相对主义的放纵，亦非无政府主义意义上的盲目反动。它对“不确定性”的关注和信任，其实是典型的现代性气质。或许可以换个角度，从历史语境的角度来理解这种精神气质的发生。

1960年代的安伯托·艾柯曾论证“开放的作品”是一种“文化模式”，他想用这种观念来描述包括文学在内的先锋艺术的生产和解读。这种观念涉及的问题如下：

> 这些探讨的一个共同主题是，艺术和艺术家（他们所代表的形式结构和诗学计划）面对偶然情况、不确定性、可能性、含糊性、多元价值所做出的反应；进而是现代灵感对数学、生物学、物理学、心理学、逻辑学等科学的新启示做出的反应，是对这些科学开辟的新认识论所

[1][2] [美]乔治·斯坦纳：《语言与沉默：论语言、文学与非人道》，李小均译，上海人民出版社2013年版，第104页。

做出的反应。[1]

在穿越过中国1980年代以来急速更迭的历史语境后，以我们自身所积累起的现代性体验，去理解1960年代的欧洲在文化政治激荡的时代里所提出的“问题”，大概是不会存在多少障碍的。一个典型的现代性问题便是艺术问题、技术（科学）问题与心理问题的相互冲突与弥合。简单说来，科技问题带来的不仅仅是关于世界真相的认知深度，也扩大了关于世界无知的边界。“真相的深度”和“无知的边界”瓦解、松动的都是关于世界的稳固、恒定的观念形态，与此同时，关于世界的模糊性、不确定性、偶然性等观念便渐渐成为人与周遭世界相处的基本“意识形态”。由此，作为人与周遭世界互动的产物之一种的写作，便表现出多元、开放的行为方式。从这个意义上讲，艺术（心理）、科学（技术）和世界其实是共享了某种“共同的形式”[2]。

在类似的问题上，苏珊·桑塔格与艾柯的观念非常相似。在谈及“新感受力”时，她讥讽了C.P.斯诺“两种文化”观念在新的历史情境中的不适用：

> “两种文化”的问题之所以成为问题，在于我们对当今的文化处境的无知、落伍的理解……事实上，在科学技术与艺术之间，不可能出现分离，正如在艺术与社会生活形式之间不可能出现分离一样。艺术作品、心理形式和社会形式互为映衬，彼此相随变化。[3]

在这样的思路下，我们至少可以得出一个不那么严谨但确实有些道理的结论：相比较而言，“体系”更像是带有前现代思维特征

[1][2]　[意]安伯托·艾柯：《开放的作品》，刘儒庭译，中信出版社2015年版，第42页。

[3]　[美]苏珊·桑塔格：《反对阐释》，程巍译，上海译文出版社2011年版，第328页。

的知识生产方式，追求恒定、稳定的意义系统，并企图获得一劳永逸的终极解释；而“札记”则更像是对充分发展而又错综复杂的现代性语境所采取的更为开放、自由的应对方式。它并未放弃关于真相和真理的追寻，只是在具体的态度上表现出某种自信意义上的宽容，既坚持“片面的深刻”，亦对其他可能性表现出多元、开放的姿态。这大概也是苏珊·桑塔格坚持以“札记”的形式来呈现“新感受力”的原因，正如其不断被提起的“反对阐释”，其重点始终不是反对“阐释”本身，而是指向僵化的体系及其承载的腐朽的观念形态。

事实上，“札记”也好，“体系”也罢，都是知识生产、意义表达的不同方式。凸显“札记”的意义，绝非意味着要压倒“体系”。如艾柯在提及“开放的作品”的理论意义时提醒的那样：

> 开放的作品这一艺术理论正好给了我们这样的历史性机会；确立这样一种文化，它使我们能够面对各种各样的感知形式和演绎活动而使不同的启示和解决办法相互补充；它确认经验的不连贯性是正当的，以此作为一种价值来取代通常的连贯性；它能将不同的探索的决定组织起来，归结为一种统一的规律，这样的规律并不预先规定探索的一致的结果，而是相反，正因为它们恰恰是对立的，是互为补充的，才认为它们是有效的，它们之间是对立统一，这样就可以产生新的前景和更为广泛的信息。[1]

所以，若把“札记”视为“开放的作品”范畴的具体形态之一，那么，与其说“札记”对“体系”抱有水火不容的古老而天然的敌意，倒不如说因为它的存在，使得历史现场的知识生产和意义

[1] [意]安伯托·艾柯：《开放的作品》，刘儒庭译，中信出版社2015年版，第105页。

呈现显得更为丰富和民主。

五

本想以“札记”的形式完成关于“札记”的讨论，行文至此，已足以证明这确实是失败了。但似乎还没有溃败得那么彻底。

我想，我至少遵循了一个基本原则，反复谈论、描述“札记”却不去定义“札记”，是对“札记”的精神特质的尊重。因为任何试图定义“札记”并将其本质化、理论化、体系化的企图都是一种误读和扭曲。

我大概还说清楚了一件事情：在社会转型、文化激荡、历史峻急的时代里，“札记”是写作所应具备的尖锐的问题意识、紧张的精神状态及其采取的激进而开放的应对方式，它主要表现为如何在纷繁的历史现象中攫取自认为有意义的时代碎片并迅速做出判断。问题意识始终维持着“札记”写作过程中内在的紧张感。而正是这种内在的紧张感导致了“札记”令人印象深刻的形式感。

而我的失败正好能够澄清“札记”的形式感所可能带来的误解。“札记”绝非灵感爆发时的记录片段，或简约、克制的抒情短章，抑或是零碎、模糊观念的思想草稿等。所有这些孱弱的、徒有形式的文体在很大程度上只是在为逻辑混乱、思想匮乏寻找冠冕堂皇的借口。严格说来，“札记”的形式感无章可循，在很大程度上取决于具体问题的内部需要，即具体语境中经验、思想、文字的相互抵制和捕捉的张力关系。

六

坦率地说，在写作的过程中，我确实曾考虑更为具体地谈论“札记”之于当下“学院批评”的意义。这同样是因为苏珊·桑塔格的一句话：

> 移居纽约使我的生活发生了巨大的变化。那意味着

> 我将在无比安全的诱人的大学的世界之外扎下了自己的营帐。毫无疑问，在当时的空气中弥漫着新的宽容，旧的等级秩序已经烂熟，正等着被人推翻。[1]

出于对当下学院批评的不满以及我个人的身份问题，我于这样的表达自然是心有戚戚然。但我提醒自己，“札记”在问题意识上的挑衅姿态并不是破坏性的，在追问真相和深度时更具有建设性、开放性的姿态。所以，我克制住了那种写作上屡见不鲜的投机取巧的冲动，即以引经据典的方式去批判自身观念的对立面。我无意全面否定这种方式。只是觉得，“札记”写作，具体到我自己的职业，作为“札记”的文学批评，终究是需要落实在具体的实践中。所以，在自身没有实实在在的批评实践来证明自己所倡导的观念时，引经据典式的破坏式批判大约也只能逞一时口舌之快。更何况，我面对的是 1980 年代末就开始无限膨胀的体制性庞然大物。谁能保证那些在其中自得其乐的人，就一定没有我看得清醒呢？

我最终还是努力地把话题限定于关于“札记”理解，以期通过这种带有自我反省意图的讨论为自己接下来的写作确定大致的方向，去证明“批评的本质在于札记”。在那篇著名的“札记”《反对阐释》中，苏珊·桑塔格写下的最后一句话是：“为取代艺术阐释学，我们需要一门艺术色情学。”[2] 而我想说的是，相对于已经出现“体系硬化症”的学院批评，“札记”便是文学批评的色情学。

（原载于《文艺争鸣》2018 年第 1 期）

[1] [美]苏珊·桑塔格：《重点所在》，陶洁、黄灿然等译，上海译文出版社2011年版，第298页。

[2] [美]苏珊·桑塔格：《反对阐释》，程巍译，上海译文出版社2011年版，第15页。

附录

时间是一切事物的后记

一

“时间实际上是世界上一切事物的后记，而不断与语言那自我生成本质打交道的诗人则是第一个知道这点的人。”这是布罗茨基在谈论茨维塔耶娃时说过的一句话，出自那篇著名的评论《一首诗的注脚》。布罗茨基的洞见和品位是我永远无法企及的，但这并不影响我借用他的话作为书名。因为写作就是用文字制造幻觉，而写作动力则来自更大的幻觉。在虚无与意义之间疲于奔命，写作才能找到安身之处。所以说，这句话对我来说是一种微弱的安慰和提醒：这些年，我在哪里虚度了光阴。

作为一个很少掩饰自己虚荣心的人，我不止一次地幻想过自己出版第一本书的情景，也曾不止一次地默想一些在序言里应该出现的漂亮句子。类似的虚荣和幻想大约在十几年前就冒了头。那时，我刚刚对“写作”产生了隐约的好感，便以一种野心勃勃式的矫情将自己的 QQ 号更名为“名山京师”，它源于《太史公自序》里的“藏之名山，副在京师，俟后世圣人君子”。我想，那些年我实在是太享受给朋友们解释含义时洋洋自得的心情了，正像自序的开头写到书名的灵感时，我又旧病复发地沾沾自喜了一番。事实上，十几年过去了，我至今没有完整地读完《史记》，也常常会忘记自己还有一个牛气冲天的 QQ 号。

许多恒定的信念和想法在过去的十来年间，碎了重拼、拼了又碎，满眼萧瑟，从哪个枯枝败叶说起呢？所以，看到书稿的校样时，自序的写与不写于我而言确实是个很难抉择的事情。毕竟，这样的批评文集注定是没有多少人会去翻阅的。坦率地说，这本小册子之于我最大的现实意义在于，以后再遇到填写表格和提交简历的时候，“著作或专著”那一栏就不会再显得那么苍白。当然，我也会虚情假意或真心实意地写上“× × 惠存”或“× × 批评”之类的话送给长辈或朋友们。至此，这个集子的大部分意义也就利用殆尽……

二

必须承认，这些年虚妄渗透得比城府深、蔓延得比世故快，于是每每新建一个空白文档，都不免要追问一下，意义何在。在虚妄与意义之间疲于奔命的日子，大约在博士毕业之后。在此之前的十六年里，我辗转于四所大学，或为求学或为谋生。从未想象过其他生活的可能性，连死在大学校园里都不觉得有什么不对。记不得有多少次酒后跟朋友一起穿过深夜的校园时，指着某棵树说：“万一我一不小心英年早逝，就把我骨灰撒在这里，我在这里撒过尿。”那些年，观念是恒定的，日常是有规律的，很多事情习以为常或者故意视而不见：大学教师是个光鲜的社会身份，课题和论文是价值和能力的体现，至于这些文字、项目乃至职业与周遭世界的关系之类的问题，似乎也不是那么令人焦虑，反正有大量现成的理论和知识在源源不断地为自圆其说提供支持。偶尔会在公共场合（例如，会议、课堂）发表些貌似感时忧国、义愤填膺的言论，也仅仅是说说而已，心平气和后一切照旧。还是鲁迅那句老话：“中国的事情往往是招牌一挂就算成功了。”

我一直是那种后知后觉、行动力孱弱的人，所以这样的日子一直过下去的话，倒也不会觉得有什么不能接受的。直到有一天，王彬彬老师建议我去做杂志编辑。我居然毫不犹豫地答应了，这大概是我这辈子耗时最短的一次人生重大决定，这绝对是空前的，想来也可能是绝后的。坦率地说，彼时的我确实不是那只厌倦了学院圈养生活、视自由为生命的“特立独行的猪”。事实上，我可能连挣脱栅栏的念头都没有。偶尔吃不饱，哼唧累了也就睡着了。王老师说话的时候，我坐在那张需要跨过几个用杂志、书籍垒起的小山堆才能到达的沙发上，已经开始幻想接下来的“新生活”：白天编杂志、看别人的文章，晚上看书、写自己的文章；不需要操心学术杂志的销量和资金，不需要把精力分散在与杂志不相关的各种人际关系上；“以文为生”而又有体制保障，等等。我一直觉得，人比文字复杂，关系比思想缠绕，以我对周遭世界的认知水平，这已经是我当时能想到的最单纯的体制内生活方式了。

做完这个决定之后，再想起那些校园里的日子，我想我做了还算明智的选择。这世上有很多事情，我没法把握，但是我能想象出自己重返校园的样子：我还是会阻止自己班上的学生去流动采血车那里义务献血，因为不能确定相关制度真的杜绝了那些危险和隐患，万一呢；我会继续给毕业班的孩子出谋划策，教他们如何请假、逃课以对付爱上课点名的老师，这样他们便可以去图书馆全力备考或者在实习单位安心做事；如果有学生来问我关于“大学生村官”“支援西部计划”之类的事情，我依然会坦率地说出自己的顾虑。我并不清楚国家出台这些政策的初衷，只是知道参与了这些招募的孩子们会被学校计算进当年的就业率中。可是几年后，志愿服务时间期满后怎么办？我无意浇灭他们奉献青春的热情，只是不能确定现有的政策能够保证他们在奉献完一生中最好几年之后，可以获得相应的回报。再说了，为什么非要诱导那些一心跳出农门的孩子们和小镇青年们重返乡村和边地呢？站在讲台上，我总是忍不住说些文学史和作家作品中“诗与远方”之外的东西。站在台上我是心虚的，这个当初在“苟且”和血泪中获得合法性的行当，如今为何偏要用“诗和远方”来装扮自己，明明年老色衰、体弱肾虚，偏偏要花枝招展、搔首弄姿，骗到了几个孩子又怎样？我心里清楚，我谈论的“苟且”总是与沉重有关，“诗与远方”不在现世；而孩子们理解的“苟且”总是与具体的生存质量相关，“诗与远方”无非是更为充实、安稳、优裕的“苟且”。这样的理解有什么不对呢？说到底，“苟且”也好，“诗与远方”也罢，终归是个体的认知和抉择。站在那里喋喋不休地传销，未免有些虚汗淋漓……类似的事情，我总会在离开校园后不断想起。确实，关于周遭的世界，关于这个国家的过去和将来，关于如何在这个时代安身立命，关于生活和意义，我有太多的疑惑和抗拒。我确实没法再理直气壮地站在那里充当孩子们人生、道义和精神上的导师了。或许还能传授点知识，然而这些知识的意义在哪里？诚然，这是个强调在无用的知识中寻求意义的行当。倘若自己相信，那就继续做吧。非要高声说出来，于人于己都未免有些尴尬。

三

如今过着主业编辑、副业批评的日常，倒也不觉得有哪里不对。如果“独善其身”还算是个褒义词的话，我还是很乐意用它来形容自己目前的心境和状态。按部就班地做好与杂志相关的事情后，可以把不相关的人事接触降到最低，极端情况下会在办公室独坐一整天而不说一句话，偶尔接个电话难免声音走样，所以对方的第一句话往往是：你是不是在睡觉？倒不是刻意制造沉默和神秘，而是清晰地感觉到自己说话的欲望在衰退。我想，大概是因为这两年写得越多，虚无和意义之间的撕扯和分裂就越严重。

博士毕业后，从临时工、实习编辑到专职编辑再到今日，不过三年多的时间，然而却是一个清晰地看见自己内心的裂缝慢慢扩张为沟壑的过程。在我成为编辑前后，我才开始较为频繁地从事这种叫作文学批评的文体写作，与此同时，荒谬感真实降临：很显然，我的写作、薪酬乃至晋升都不再与现行的学术评价机制产生直接关系，然而我却在真真切切地操办一份在目前的学术评价机制中貌似还挺重要的学术期刊。于是，便有了一张阴阳脸，半边流露的是破除束缚后通体舒畅的神情，另半边则涂满狐假虎威的与体制共谋的油彩。当然，内心残存的所谓的学术理想、投入的精力与实际的输出效果之间的巨大落差，也就成为我无法视而不见的问题。我心里清楚，刊物里的大部分文章只与课题、项目有关，除此之外很难再衍生出别的意义。如果我说这种大家习以为常、见怪不怪的事情是我日常焦虑的根源之一，肯定会显得有些矫情，然而我确实很难克制自己不去一遍又一遍地想象近在眼前的可能：如果有一天，这个学术评价机制及其寄生的历史语境发生变化，“浩如烟海”“汗牛充栋”这样的古典词语到底是用来形容精神遗产的丰富还是被用去描述某种庞大、无限却悬置意义的知识产量和产能。我并未目光如炬，亦非高瞻远瞩，一批又一批浩浩荡荡的学术军团表情肃穆、道貌岸然实则心知肚明、乐此不疲地加入了这场旷日持久的末日狂欢，是每个人都看得到的景象，以至于大部分时候，关于这个话题的谈论和描述都是一种无聊、无意义的事情。如果再去追问后世如何看待这样的景象，那得鼓起多少勇气才能说出这么矫情和奢侈的话啊。但是事关自己的时候，我又不得不说，在那个荒诞的景象中，有个叫方岩的人手中挥舞着理想的塑料花，在声嘶力竭地呐喊，一样的声音，一样的口号，一样的舞姿，时间在流逝，生命在耗掷……可是没关系，还有学术摇头丸……

四

拉拉杂杂地说了这么多，其实一直在回避关于写作本身的事情。但是按照惯例，一本文学批评集子的自序好像又必须说点与此相关的什么。我不认为，我已经建立较为恒定的写作观。现在的我只是通过一篇篇批评去摸索写作的可能性，至于何时能够建立那种能给自己写作带来信心的观念、语言和方法，则未可知。况且，我确实也无法想象那种让自己从容、笃定的状态到底是什么样子。所以我也只能泛泛而谈地说些关于写作的基本认知。写作无非是名利和表达两件事情。关于名利，所有的遮遮掩掩或自我标榜都不如乔治·奥威尔说得坦荡和直接：“纯粹的个人主义。期盼以聪慧著称、为世人津津乐道、青史留名、在小时候瞧不起你的大人面前扬眉吐气等等，等等。不承认这是一个强烈的写作动机，甚至不承认这是写作动机之一，无异于自欺欺人。”写作与我的虚荣心之间的关系也大体如此，确实也没什么接着说下去的必要。

表达的缘由似乎也不那么复杂，无非是对这世界还有残留的幻想。在荒诞、分裂日益蔓延的这两年的日常里，恒定的观念和思维都被打碎，以前的文字被否定，意义被重新翻检，然而写作的频率和数量却在增长。抛开名利与生计问题，无非是因为还想对这个世界说点什么，有些事情还想试着去做做。至少，我心里清楚，在接下来的日子里，我至少还有半张脸是朝向这个世界的。至于效果的有无与好坏，则超出了我的把握范围。

不久前参加了一个会议，主办方是江苏省作家协会。他们在会前给参会者出了一道命题作文：我和我的文学批评。这是我最不愿意碰触的话题。在我几乎全盘否定了自己以前的文字和意义之后，重新谈论它多少会显得无中生有。我只好根据自己有限的批评经历，揣摩着那些重新生长的零碎的写作意识，去谈论这样的话题。结果我又旧病复发地使用了此前被我自己否定的语调、姿态和行文方式。我拉来很多大旗做虎皮，只为说明这些重新生长起来的脆弱的念头并非凭空想象而是师出有名。这篇文字写得弯弯绕绕、遮遮掩掩，既是长期服膺某种规训后留下的职业后遗症，也是重新思考写作后心里底气不足的反应。事后想想，关于写作的设想和观念，哪怕是凭空想象又如何！更何况我想表达的东西其实很简单：跳出规则和定义，把批评还原为写作，还原为个体言说的权力和方式；写作就是用自身的经验、文化积累、价值观、智商和语言能力等与这个世界用文字互动；如果非要在写作类型中做出区分，文学批评作为一种写作类型，无非是需要一个叫作“文学”的中介来作为写作行为发生的原因或借口；至于成型后的文字能否被视为某种定义下的文学批评，我已经不再关心了。这篇文章叫《“卑贱意识”和作为历史证言的文学批评》，我试图重新出发的意图和方向都在这里。至于它什么时候能发表、发表在哪里，我也不知道。写完之后，我也不是太愿意多谈论它，因为它的样子实在是太丑了。

五

最后，我还想聊聊集子里这些文字的由来。第一辑里面的三篇文章是我对当下长篇小说的年度观察。我没有把他们当作年度综述来写，而是通过对这些长篇小说的判断来谈论当代文坛的症候以及这些症候与周遭世界的关联。这样的长文皆是我主动为之，通常用一年的时间来准备，用一个月的时间来完成。我通过这种方式来维持自己关于当下文学的历史现场感。至于还能坚持多少年，则未可知。这样的阅读和写作耗时费力，审阅愉悦和智力回报又少得可怜，难免反复问自己这样做值不值得。需要稍加说明的是，选择长篇小说作为基本关注对象之一，并非是因为个人喜好和对当下长篇小说的整体水准的信任，而是因为长篇小说的某些文体特征与我的思维特点比较契合。我是那种思维有些滞重、对细节也不是那么敏感、语言也有些拖沓的人。在阅读的过程中，只有遭遇了大量语言、情绪的冲击，大脑才会稍稍运转，长篇小说恰好符合这种需求。况且，长篇小说由于其体量、节奏等方面的特点，会逐步放大作家在意图、思想、语言、故事等方面的问题。它们使得我能够更为从容地进行辨析和判断，不至于过于偏颇。

第二辑收录的都是关于某部长篇小说的具体分析，都是约稿。在有限的篇幅里，把态度呈现得条理、明确，是我的写作短板。这些约稿对我来说是一种训练，它们对治疗我在语言和思维上的啰唆、扭结等毛病起到了不错的效果。所以，我要向那些敢于向我约稿的编辑们表示感谢，谢谢他们的包容和信任。

第三辑收入的则是一些零碎的短文。这些短文的评论对象都是江苏作家，或者是与江苏有些关系的作家。我把他们一并收入集子，也算是对东家的资助有所交待。

我曾经有过重新修订这些文章的念头，甚至想过选取一些相对满意的文章来替代那些已经被我否定的篇章，但我最终还是放弃了这些想法。我不仅未曾改动它们，而且尽可能地恢复了它们被发稿编辑们修改之前的样子。尽管这些文章我写得都很认真，但是如今看来确实问题多多。我保留了那些浅薄粗暴的结论，甚至是一些常识性错误，只是因为这些东西是我彼时彼刻写作时的真实水平和状态。我不知道我以后会不会写得更好，但是我想记住自己当初的样子，记住自己从哪里来，又是一步步走到了今天。还是那句话，这些文章包括那些未收入集子的以及将要写的文章，对我来说都是习作。我的写作远未定型，何时定型，前方是什么模样，还要走多久，我真的不知道。

最后的最后，有必要提及一下这本集子的“附录”。“附录”里的两篇未刊文，一篇写于本科毕业时，一篇是硕士学位论文的后记。博士论文完工时，王彬彬老师禁止我们写后记，因为千篇一律的致谢让王老师非常抓狂。我把这两篇文章和正在写作的自序，视为我迄今为止最好的作品。这些文章写于我人生的拐点，记录了我生命中那些时刻的真实状态。或许有些地方会显得矫情，只是现在的我比十年前城府又深了许多。如果在直面心性的时候，都不愿意卸下面具矫情一番，往后的路又该如何走呢……

补记：

本人曾出版过一本小册子，名为《时间是一切事物的后记》，但是这本书并未上市流通。这篇文章是该书的自序，我很喜欢。故作为附录收入。

“我把批评视为一种只对自己有意义的写作”
——与周明全的对话

一、成长经历

1. 你是在安徽师大读完硕士后在安徽一所高校任教，之后才到南京大学追随王彬彬老师攻读博士学位，之后去《扬子江评论》做编辑的，这样一路走来，其实为了我们自己所谓的理想，也放弃了很多原本该属于我们自己的幸福生活，你认为这样做值得吗？你的家人支持吗？

答：其实我本科毕业后也是在安徽的另外一所高校任教，辞职后去读的硕士。这样算来，我在四所大学里一共待了十六年，直到2013年才算彻底告别大学校园。之所以反复折腾，无非是想找一个相对适合自己的平台和环境。我是那种智商、情商皆有限，但又受不了太多束缚的人，所以还是比较适合待在一个相对单纯的环境里。比如，我现在在江苏省作协谋生。没有科研、项目、职称的压力；写文章、发文章也不需要考虑刊物级别、文章数量以及所谓的学术规范；主业是编辑，副业是自己的阅读和写作。所以说，职业和兴趣大体上重合而又没有乱七八糟的条条框框，于我而言，倒是挺合适的。当然，如果工资和稿费都能涨点，我会更开心。

说到底，我们从事的职业是个冷门、偏门的行当，所以指望父母能理解这个行当的意义是不可能的。好在我爸妈都是那种单纯、朴素、慈爱的人，借用胡兰成的一句话，看到我“现世安稳、岁月静好”就比较放心了。

2. 我记得一次在饭桌上，一位批评家让你比较你的导师王彬彬和郜元宝，让你颇感为难。旁边的人起哄说，做王彬彬老师的学生有时会有点儿尴尬，你尴尬过吗？能谈谈你对王老师的认识和他对你的影响吗？

答：你说的这件事情，我记得。之所以为难，无非是因为我是晚辈，在公开场合评价跟自己有直接关系的两位长辈，确实不合适。大家好奇是正常的，无非是因为两位老师在复旦的年少时光有很多演绎版本。郜老师儒雅细腻，王老师直率豁达，两个性格迥然不同的人在一开始相处的时候，肯定是要有磨合的过程的。况且很多人大概没见过两人现在在一起的样子，用把酒言欢、惺惺相惜来形容，一点儿也不为过。

在回答第二个问题之前，我先告诉你，我考了几次。第一次是硕士毕业当年，英语没过线，当然没戏；第二次，我报了名，但是因为单位有事而没去考；第三次，一切正常，自然如愿。别人如何考量导师选择的问题，我不大清楚。我只是觉得，在接触导师之前，肯定是因为对方的文字所表现出的学识、性情和思想格局吸引了你，反过来，你产生了认同感，甚至是想成为像他那样的人，才会特别想成为他的学生。至于其他问题，比如现实利益之类的考量就是退而求其次的问题。如果有人把这种关系颠倒，或者把问题看得复杂，我也觉得没什么不对，毕竟是个人志向和选择的事情。

我知道，其实你想问的是，王老师“得罪”了这么多人，对我的个人发展有没有影响。事实上没影响。这事其实很简单。首先，一个每年都会把《鲁迅全集》拿出来翻翻的人，已经把鲁迅变成了自己文字、秉性、生命的一部分，这样的人如果遇人遇事还一副通达、圆润、好好先生的样子，那也太不正常了。其次，遇到不了解王老师就瞎说的人，我都会建议他们先去读读《往事何堪哀》《风高放火与振翅洒水》《大道与歧途》《鲁迅内外》这几本书，这也是我最喜欢的四本王老师的著作。看完再说话，总比人云亦云、盲目站队强。再说了，王老师不是完人，只要是就事论事，哪怕话重一点，有不同意见是正常的。但是涉及人身攻击，已不是讨论的态度。过了底线，我当然会翻脸。再次，就算果真遇到那种因为我是王老师的学生而对我不待见或敬而远之的人，跟我又有什么关系呢？这种主动权在别人手里的事情，花费精力去改变，太浪费生命了。与其纠结这些，倒不如先把自己的事情做好。我是王老师的学生，这是永远改变不了的事实，而且这是我主动选择而且很珍惜的身份，有啥尴尬的呢？如果师生之间因为这种关系而觉得尴尬，无非就是三种情况，要么老师出了问题，或者学生有毛病，抑或是师生皆心术不正。

王老师其实是个外表严肃、内心特别柔软的人，在某些方面甚至有些天真，跟外界的某些传说差别很大。跟王老师交往是特别容易的事情，简单、直接即可。有诉求直接说，别瞎扯那些冠冕堂皇的理由。行还是不行，错还是对，王老师都会坦诚相告。王老师有自己的原则，想说服、改变这些是绝不可能的，但是只要在原则之内，他也绝不会找理由来推诿。

王老师肯定是目前为止对我影响最大的人。这种问题可以反过来回答。如果你真心认同自己的老师——我说的是“认同”，不是“崇拜”或者“臣服”——你自然会从他的言行举止中观察到那些宝贵的品质。至少有两点。第一点，王老师每天都在坚持阅读、思考和写作，且大部分时候与项目、课题没啥关系。与这种状态无关的人和事，都被他降低到最低程度，用王老师对我说过的话来说，就是“不要去计较鸡虫得失”。这是我特别认同的一种读书人的品质，即随着时间的流逝而不断进步，把思考和写作拉回初衷和本源。说白了，这个时代，读书人唯一可控的事情就是阅读和写作，如果连这件事都要交付于一些外在的标准和诉求，那也只能随他去吧。第二点，王老师在不少场合包括文章里谈过他对“特立独行”的理解，在最近的一次访谈中，他还说：“我只独行，侠不敢当。”其实这还是一个自律和底线的问题。王老师也有他的挣扎和纠结，他也会对“浪战”保留态度，但在如何最大限度地做到读书人的知行合一、言行一致，却是他最为用力的地方之一。很多人都喜欢把“人在江湖，身不由己”这样的话挂在嘴上替自己开脱，但是大多数人会刻意忽略一个简单的选择：在面临压力和困境的时候，不得不说的话可以少说，不得不做的事情可以少做。如果连这么简单的事情都做不到，其他再华丽再高尚的理由都显得虚伪。总而言之，我希望自己能做到这两点，也认为，如果当下的读书人都能做到这两点，这个世界确实会好点。

3. 当初是谁影响或读了哪些书而走上文学批评之路的？在你做文学批评这几年，哪些人哪些著作对你产生了较大的影响？

答：我最近两年批评写得确实比较多了，也貌似一副职业批评家的样子，坦率地说，我不能因此而为自己追述一个早有规划的职业起点。这里面充满了偶然性。一是做了批评杂志的编辑后，我觉得自己有必要关注一下历史现场并尝试写一点东西，否则我无法判断来稿的价值，更谈不上如何选题、约稿；另外一个原因，就是王老师知道我读书时很少写东西，于是对我说：“你要多写点，多练练，很快就能超过 ××× 之流，你总不至于比这些人差吧。”其实当时我的内心戏是：王老师对我期望值真高啊，我不写都比他们强啊。于是，在这两个因素的作用下，我便开始写作了。

事实上，在这几年的批评实践中，我并不认为我已经形成较为恒定的价值观和个人风格。我对自己这几年的批评也并不在意，因为我自己心里清楚，我在通过一篇篇批评来锻炼自己的文字能力和思维表达，同时在写作的过程中发现自己的知识缺陷和兴趣点。一切都是未知，我也不希望自己那么早就定型定性，目前还在不断摸索不断阅读不断写作，所以说，现在很难说哪些人哪些著作对我产生较大的影响。

二、学术研究

1. 你博士论文做的是1980年代的批评史研究，你在博士论文里已经将我的很多疑问解答了，我想问的是，你觉得批评家和作家应该是一种怎样的关系？

答：做博士论文的时候，伊格尔顿所言的“政治批评”这个概念及其相关的理论谱系对我影响比较大。关于1980年代的文学批评史，我比较用力挖掘的也是这个方面。后来，我比较频繁地写批评文章的时候，发现自己也倾向于这个方面。所以，我确实很少去考虑过批评家与作家之间的关系这样的问题。今年七月的时候，我写了一篇文章叫《“卑贱意识”与作为历史证言的文学批评》，还没发表。但是这并不影响我引用其中的一段话来回答这个问题。我想我在相当长的时间内，是不会改变这个观点的：

“我把文学和文学批评均视为个体言说的方式和权利，区别在于，作家以‘虚构’作为言说的方式来完成关于个体、历史、社会的描述和想象，而批评家则是以‘虚构’作为讨论对象或中介来完成价值判断。因此，在尊重文学批评的方式和类型的多样性的同时，我更关心作为‘写作’‘表达’的文学批评如何与现实世界碰撞与交流，如何参与当下历史形态的建构，即构想一种以‘卑贱意识’为精神内核的作为历史证言的文学批评。所以，在具体的批评实践中，我并不太关心具体的文学文本在‘审美’及其相关的价值领域呈现的可能性，而是聚焦于自身所携带的种种经验、知识、价值体系与具体的文学文本中所呈现的价值形态之间的对峙和沟通，这是一种基于交流的相互质疑、辩驳、说服和认同。也正是在这个意义上，我对‘强势’的文学批评情有独钟，在此类批评中，文学成为批评家自身意识形态的素材、例证或媒介。坦率地说，这是我理想中的文学批评的‘话语霸权’的体现：它使得经验、观念、思想层面的讨论、传达突破传统意义上的文学范畴，从而具备了更多的公共性；同时，它又因为有‘文学’作为幌子，亦为‘异端’或‘偏见’的发生提供了途径和土壤，而所谓‘异端’和‘偏见’正是激活公共讨论、为历史发展提供新的可能性的动力之一。”

2. 你对长篇小说的关注很多，而且做了几年的长篇小说年度综述，你如何评价当下的长篇小说创作？你认为，在近几年，最有创作实力的长篇小说家是哪几位？近十年来，最有优秀的长篇小说是哪几部？

答：之所以关注长篇小说，一方面跟前面提到过的我对批评的基本认知相关，另一方面则与我个人的秉性有关。今年九月初，我为自己即将出版的批评小册子《时间是一切事物的后记》写了篇自序，里面提到了这个问题，所以我还是引用其中的话来回答吧。因为，只要我还继续关注长篇小说，理由基本上不会发生太多改变：

“（这里面的）文章是我对当下长篇小说的年度观察。我没有把他们当作年度综述来写，而是通过对于这些长篇小说的判断来谈论当代文坛的症候以及这些症候与周遭世界的关联。这样的长文皆是我主动为之，通常用一年的时间来准备，用一个月的时间来完成。我通过这种方式来维持自己关于当下文学的历史现场感。至于还能坚持多少年，则未可知。这样的阅读和写作耗时费力，审阅愉悦和智力回报又少得可怜，难免反复问自己这样做值不值得。需要稍加说明的是，选择长篇小说作为基本关注对象之一，并非是因为个人喜好和对当下长篇小说的整体水准的信任，而是因为长篇小说的某些文体特征与我的思维特点比较契合。我是那种思维有些滞重、对细节也不是那么敏感、语言也有些拖沓的人。在阅读的过程中，只有遭遇了大量语言、情绪的冲击，大脑才会稍稍运转，长篇小说恰好符合这种需求。况且，长篇小说由于其体量、节奏等方面的特点，会逐步放大作家在意图、思想、语言、故事等方面问题。它们使得我能够更为从容地进行辨析和判断，不至于过于偏颇。”

3. 你说“我希望自己的批评能成为一种写作，而写作本身可以介入更多的领域。我现在其实就是通过写作来摸索文体和表达的问题。比文学更值得关心的事情多了——我不是想说文学不重要，而是因为我们当下讨论文学的方式降低了文学的重要性，伤害了文学。”我很赞同你所说的批评是一种写作，这也许能在一定程度上打破现在学院批评这种生涩难懂的文体禁锢。那你认为，要如何讨论文学才不会降低文学的重要性呢？

答：这是我的批评小册子《时间是一切事物的后记》自序里的一段话。这个问题的答案可以参照我关于文学批评的基本认知。在我写出更有说服力和影响力的批评之前，我还是少谈这个问题比较好。因为，“说”很容易，“做”很难。

三、同代人

1.“80后”批评家的“出场”方式，受到了不少质疑，文学是个人的事业，这个肯定是常识问题，但问题是，在2013年前，“80后”批评家基本上是没有声音的，不以集体的方式亮相，很难在批评界被关注到。不知你如何看待这个问题？或者说，你认为，什么样的方式才是“80后”批评家最好的“出场”方式？

答：其实我更愿意把“70后”批评家也包括在内，把“青年批评家”作为一个现象来谈谈。首先，这种现象的出现确实存在着明显的建构因素。作为一个群体被关注，在很大程度上是这些年制度支持和政府鼓励的结果，比如中国现代文学馆的客座研究员制度，我自己便是这样的制度红利的受惠者。坦率地说，年轻人在成长的时候，有人愿意推你一把，为你提供一个平台，其实是挺好的事情。但是分清幻象与真实、实力与虚名、机遇与投机的边界在哪里，是事情的另一面。其次，这其实也是一个无法回避的客观现象。就这个行当的代际传承和年龄结构而言，青黄不接、后继无人的状况已经持续了很多年。当更年轻的从业者在经过很多年的学术训练和阅读积累，陆陆续续分流到高校、研究机构、作协、杂志社的时候，基本上都已经在30-40岁之间了，也到了该发声、写出像样的文章的时候。所以，大家众声喧哗时，被视为一个群体集体出场也实属正常。再者，归根到底，这是个靠好文章安身立命的行当，怎么出场一点儿都不重要。写出有影响力的好文章，怎么出场都行；写不出像样的文章，靠着虚名、地位或各种权力关系勉强维持在场的样子，终究逃不过昙花一现，黯然退场。

2. 我看你对同代作家的关注很多，写过不少同代作家的评论，你认为“80 后”作家的整体实力如何？

答：“70 后”也好，“90 后”也罢，在我眼里都是同代人，处于类似的生存状态，面临一样的历史境况。从我个人经验来说，因为我对这个世界还有诉求，所以在同代人的写作中寻求观念、思想的碰撞与交流，于我而言是然而然的事情。事实上，我没有那么强烈的历史代际意识，所以也谈不上对“80 后”作家刻意为之的实时追踪和阅读，仅仅是在阅读中去寻找那些能引发我思想激辩的作家作品。

4. 最近我在几个场合听到，不少人说“80 后”作家之所以如此快地成长，一是和他们笼罩在代际概念下，得到集体关注有关；另一个是说“80 后”作家的快速成长和“80 后”批评家对他们的解读、跟踪评论有关。你如何看这个问题？

答：这两种看法我都难以苟同。先聊第一个问题，所谓“80 后”作家至少得划分出两个群体。第一个群体跟早期的“新概念”作文大赛有关。这批作家经由大赛，首先进入的市场。抛开韩寒、郭敬明这样的符号性人物暂且不论，十几年过去了，这批人中大概还有张悦然、周嘉宁、笛安、颜歌、蔡骏等人还在坚持写作，他们既有不错的市场销量，也逐渐得到了所谓传统意义上的文坛的认可。事实上，对于这批作家而言，评论界是否追踪、关注，对他们影响不大。他们现在与批评界的互动，属于成名之后被体制收编后所衍生出的一些事情。不管我们愿不愿意承认，这批“80 后”作家确实比较早地实现了“职业写作”层面的一些意义，有市场，有读者，写作上也有不俗的表现。其实，“70后”作家中的个别人也有类似的现象，比如冯唐、庆山（安妮宝贝）、阿乙等。

另外一个群体，他们的成长复制了前辈作家的经验和历程，在传统的文学期刊制度下逐步成长。这批作家的成长，大概是评论界较为熟悉的现象，彼此之间的互动也比较多。他们中间有部分作家确实已经写出了引起较大反响的作品，也有部分作家表现出一定的潜力并在不断地摸索中，当然也不能排除另外一种现象，这种现象在其他历史代际的作家群中也存在，即进入评论界视野中的不少作家，其实只是制度建构的需要和权力关系运作的结果，跟写作本身没多大关系。

第二个问题就比较简单了。就我个人的批评经历而言，我不认为作家的成长与我有什么关系。一方面，我确实不具备发现新作家新作品的能力、资格和名声；另一方面，从个人习惯来说，我也确实更乐意写那些能够激起我表达、思考欲望的评论，换句话说，我把批评视为一种只对自己有意义的写作。这便意味着，我的大部分评论对象在我评论之前，已经被人谈论过了。所以，事实就是说，作家的成长确实跟我没关系。

5. 同代批评家的文章你看得多吗？你觉得“80后”批评家的局限和优势各是什么？你博士论文做的是1980年代的评论史，你觉得“80后”批评家和1980年代的批评家的差距主要体现在哪儿？

答：先回答第一个问题。我是评论刊物的专职编辑，副业才是自己写写文学批评。所以，不仅同代批评家的文章看得很多，其他代际的评论家的文章也读得很多。毕竟吃的是这碗饭，多少得有点职业道德。

现在回答第二个问题。做博士论文时，有一套丛书让我印象深刻。1985年到1989年，浙江文艺出版社陆陆续续为1980年代的十四位评论家出版了批评文集，即“新人文论丛”。重新翻检1980年代文学批评史，如果要编选一部1980年代的经典批评文献，那么很多文章必然要从这十四本批评集子中选取，正如编选 1990 年代经典批评文献绕不开“火凤凰文丛”一样。我之所以偏爱这套丛书，原因很简单：在他们的批评文章里，鲜活的历史信息、鲜明的政治态度、明确的价值判断交织在一起。很显然，这些批评以一种更开放、更为公共的姿态参与了历史进程。这可能是当下批评较为缺失的品格。当然，我也清楚，几十年过去之后，接受过十几年学术训练的更年轻的一代，他们在知识积累的精细程度上，在对理论和概念的理解的范围和准确性上，在与国外同行信息交流的即时性上，可能大大超过当年的青年批评家们。我也承认，年轻一代写出了一些结构更为精巧、理论使用更为妥帖、价值判断也更为理性的批评。只是很多时候，我还是忍不住去怀念一些更为朴素的品格：深度有了，温度没了；客观性有了，伦理主体被抽空了；样子好看了，却又千篇一律了；谈作品，忘了人文；谈理论，忽略了语境。当然，我自己大部分时候也是这副德行。我只是觉得，有必要时不时地提醒自己，若把批评视为一种复杂的写作，需要考虑到这种写作与自己身处的历史进程和周边世界的互动关系，若仅仅只是追求当下学术评价机制下的知识有效性，很多年之后，历史稍稍变动，我们会发现自己在穷其一生从事一项荒谬的事业。

我无意苛责我的同行们，很多时候，真的希望，如果我们在一些问题上有了共识，那么大家都尝试着去做些改变，事情总会好起来。况且，选择在历史现场做批评，其实就是主动去当炮灰，偶尔有几具尸体或一些残肢被打扫战场的人捡拾回去，就已经是万幸的事情了。说这话不是为了煽情，而是陈述一个事实。所以，目力所及，这么多朋友在跟你一起前进，其实还是很开心的。

四、批评观

1. 这两年对文学批评似乎更加重视了，从中国文联到各地都相应地成立了文艺批评家协会，从中央级的《中国文艺评论》到地方的《长江文艺评论》相继创刊，你认为，这样的加强能否实实在在地推动文艺评论的发展？进一步说，我们有必要如此强化文艺批评吗？

答：现在的文学和批评所谓的繁荣，其实都是制度支持和政府鼓励的结果，我自己本身就是受惠者之一。至于泡沫和幻象何时破灭，我不知道。破灭后，是何种的景象，我更是不知道。

事实上，我不大关心这样的问题。我只是觉得，如果自己觉得有兴趣有意义就多写点，争取写得好点，觉得没兴趣没意义就少写，或者干脆不写。加不加强，确实不是我要考虑的问题。没有好文章，其他都是虚无。

2.你认为好的批评环境是什么样的？而这样好的批评环境又该如何去创立？

答：如果你在很多年前或者说在我还没有比较频繁地写批评文章的时候，问我上述问题，我肯定会大而化之、义正词严、装腔作势、痛心疾首地说一番人人都会讲但是人人都不会去试图改变的事情。但是我现在更愿意把它变成一个更私人、更具体的问题。所以，所谓环境好坏的问题，对我来说，就是寻找同类的过程。如果把批评视为一种写作，视为个体言说的权利和方式，这个问题就会变得简单得多。就我个人经验而言，大家在一些公开场合，比如会议发言或主办方主持的饭局，难免会说些言不由衷、冠冕堂皇的话，但是深夜的酒吧、烧烤摊是另外一种景象和氛围。那个时候，大家都比较放松，交流也显得真诚。倒不是说，在这些场合，大家会严肃地讨论问题，而是这之中的插科打诨、玩笑甚至是冲突会较为率真，直接地呈现一个人比较真实的性格、观念和精神状态。酒醒人散后，把文字和人相互对照、辩驳，会很有意思，于是，大多数同类便在这些场合中诞生了。相应的便是，此后彼此交流、关注对方的文章、动向、观点的机会和方式也会多样。当然，大多数时候，大家都在默默地阅读、写作，但是知道有同类存在，内心便没有那么多的惶恐和孤独。我觉得这种志同道合、群而不党的私人性质的交流，便是健康的小环境。能做到这一点，就挺好。大环境如何，实在是操不了这个心。

3. 你认为好的文学批评必须具备哪些特质？另一个是你认为好的批评家必须具备什么样的素养？

答：第一个问题简单而复杂。哈罗德·布鲁姆曾用“美学的乐趣”和“精神的洞见”这两个短语来描述优秀的文学作品应该具备的特质。这两个短语同样可以用来形容好的文学批评。这便是这个问题的简单之处。复杂的地方在于，每个短语的背后都需要复杂、多元的内容来形塑多样而具体的形态。就我目前水平而言，我确实没有能力谈得更深刻更具体，泛泛而谈没有意义，或许再过几年会说得明确些。

第二个问题，同样如此。我想我还没有能力去告诉别人如何做一名优秀的批评家。我希望自己以后有能力、机会和资格去稍微谈谈这个问题。如果不得不回答的话，我目前只能随手列举一些名字，这些人暂时为我提供了可供模仿的“具体的批评”的样子。以外国人为例，沃尔特·本雅明、皮埃尔·马舍雷、莱斯利·费德勒、乔治·斯坦纳、莱昂内尔·特里林、爱德华·萨义德、阿兰·巴迪欧、让·波德里亚、以赛亚·柏林、汉娜·阿伦特、苏珊·桑塔格、雅克·朗西埃等，还有几个跨界的批评大师，如切斯瓦夫·米沃什、W.H. 奥登、谢默思·希尼、约瑟夫·布罗茨基。

4. 最后，想问你一下，你对自己学术研究的规划是什么？

答：这个问题没怎么想过。这些年，一直没搞清楚“学术”长什么样子，倒是见过不少“因学术之名”的事情。所以，非要问自己的规划是什么，那么我只能说，如果你说的“学术”指的是项目和课题，那我确实没有。考虑到我有时候说话确实容易得罪人，所以我有必要解释一下这句话。大学里的同行必须通过项目和课题来维持自己的职业发展和生存，对此，我抱有充分的理解。就实际情况而言，我的职业发展和生存跟项目、课题没有直接关系，所以不需要花费精力去操持这样的事情。另外，如果我们还对“学术”抱有起码的敬畏和尊重，我们其实是能看到，这些年我们这个行当确实没有因为课题和项目而产生有说服力、影响力的成果。

如果你说的“学术”指的是“写作”，那么我确实有点小小的企图，我希望自己在四十多岁时写下的个别文章，到我六十多岁退休的时候，还会有人读，但不是因为一些长幼尊卑的因素或其他权力关系，而是因为有人确实觉得还有点意思。死后的事情，就算了。

此外，确实存在着一些“规划”，我还想尽量多读些西方艺术史和政治、历史理论方面的书。至于其他，确实没有了。

总而言之，有生之年，尽量多读书，多写点好文章。

补记：

这篇对话是和好友周明全在2016年下半年的某个时段完成，原刊我已经找不到了。记得当时发表时，有些人认为我有些“装腔作势”。其实对我来说，无非是回答得过于严肃、过于认真了。如今找到电子版，重新收入集子中，无非是想说，想法未变。另外，在终将学会敷衍之前，与文字有关的事情还是认真点好。

后　记

我出过一本假书

1

2016年的时候，我出版过一本评论集。尽管事先知道它属于一套丛书，但是快要印刷的时候，我才获知十本不同文类的书将会使用一个书号。那个时候再反悔已经来不及了。事情的结局也是能预料得到的，这本书没有进入任何流通、发行渠道，成了一本彻头彻尾的假书。

写作的人难免自恋，虽不至于自恋到以为那些已经过了时效性的批评文章放在书店里真的会有多少人问津，然而名分真的很重要，正如人活着有户籍和身份证，死后有墓碑和骨灰盒。结果一本在出版系统里查不到任何信息的书，让我人生中的第一本书成了黑户和野坟。

后来它们被一本不剩地从印刷厂拉到了老东家的仓库。趁着残存的虚荣心和新鲜劲儿，我送了几本给朋友。当疑似传播非法印刷品的心理阴影浮现的时候，我便将剩余的都封存起来了。

所以，把这个集子取名为“第一本”并没有什么特别的意思，费尽心思想出的好名字有时未必用得上，不如选个简单直接的名字。

2

以上文字大概写于2019年的四五月间，后来便没有继续写下去。重新动笔的时候，2020年还有一个小时就要来了。我想不能再拖延下去了……

接到金理兄的邀约大概还是2018年的下半年时候。按照统一要求，我请王彬彬老师写了序言，他在2018年12月份就写完了。

到了2019年六七月份的时候，张燕玲老师嘱咐我，需要准备“今日批评家”栏目所需的文章了。王老师便把序言稍微修改一下，便成了栏目所需的“印象记”。

国庆假期中，丁帆老师也完成了关于我的批评的评论，他参考的资料中有一部分来自于这个集子。两位老师的文章将一起刊于《南方文坛》2020年第1期。

2019年的最后一天，我中午醒来，看到张燕玲老师的微信，得知杂志已经印好，微信公众号平台也推出了目录。

傍晚，我接到责编刘文飞兄的微信……

这期间，我还在9月份换了工作，安顿之后还写了大约四五万字的文字，但是始终想不起要把后记写完。事实上，我只是在有意忽略这件事情。后记难免要聊聊自己的写作，但是这一年多，我对自己的阅读和写作确实无话可说。但是必须说点什么，也是这套书的规定动作。

3

按照金理兄的要求，聊一聊求学、阅读、写作是必须的。尽管我对批评依然葆有兴趣，但是谈论自身还是有修辞过度的危险，自我崇高实在是令人厌恶的事情。

简单说来，从1997年到2013年期间，我辗转于四所大学，要么教育别人，要么被别人教育。在这个过程中，我从未中断阅读，但也未曾在写作方面主动过。直到我在《扬子江评论》实习、工作了两年之后，我才发现自己是可以写点什么的。所以2015年之后，写作便成了一件自觉的事情。此后两年多的时间里，亢奋和自负是写作的常态，骄傲和自恋也是难免，但最重要的还是对自己的重新认识和发现：每篇文章的成品都与最初设想的存在差异，这种意外对我来说是莫大的激励，我居然可以写成这样！这也是何以那本假书的后记写得那样分裂，不乏真诚的反省依然压不住沾沾自喜的浮夸。我把它收入了这个集子，他代表了我彼时的真实状态。

我还写过两篇讨论批评方法的文章。虽然我至今仍坚持其中的观点，却无法通过自己的写作去证明那些观念的有效性。所以，它们就成了宣言。所谓宣言就是那些让自己感到羞愧、丧气的诉求和修辞。但我觉得它们健康、丰富，所以在很长的一段时间里，我依然会将它们视为前行道路的路标。

在最近一年多的时间里，写作带来的意外越来越少，我开始像厌恶作家的创作谈一样，厌恶类似于批评观之类的文字，尤其不愿意谈论自己的写作。面对未知的领域，倘若提前获知自己穿行其中的姿态和路径并在事后得到证实，这对于作为智识活动的批评写作而言，从来不是值得庆贺的事情。这除了能够证明自身的停滞和僵化，证明不了任何事情。与创作谈一样，批评观关于如何批评已经讲得太多、太好，而做得太差、太少。在重新向前挪动之前，我最好还是不要再触碰此类的话题。

4

正因为如此，在我不得不重新面对“我的批评观”这样的话题时，我选择了回避。在那篇打着批评观旗号的文字中，我记录下了自己最近这一年多较为真实的精神状态。我在这里重新粘贴一下，来提醒自己还有很长的路要走。

继续写……

倘若是几年前，在这样的时刻，宣告华丽、雄辩的批评观对我来说，并不是需要反复斟酌的事情。事实上，我确实写过几篇类似的文章。它们基本上属于学院教育教会的学术三件套——史料的花手铐、理论的震动棒和项目的小皮鞭——熟练使用、组合的结果。这几年，我开始怀疑它们的意义。这些东西除了能够证明我曾是知识生产流水线上的一名亢奋、熟练的操作工，再也证明不了别的。我无意宣称要用某种类型的写作去取代另一种类型的写作。从一个极端走向另一个极端，依然是偏执、狭隘的选择。但是，是否要用某种单一、逼仄的写作格局、形式和某种外在于写作的评价机制，去衡量辽阔而复杂的写作，确实成为我的日常焦虑之一。

在目前可以望见的日子里，我想我还会继续写下去。写作于我而言，并非不可或缺，所以，“生命里不可分割的部分”之类的话，我是说不出口的。在可以掌控的范围内，人总会按照自己的意愿生活。写作得以持续，仅仅是因为在力所能及的范围内，我还能让这份与愉悦、智识乃至入世关怀的相关的劳作继续推进而已。

写作于我而言，从来就不是职业需要，我也未曾想过要把“志业”这么虚幻的词扛在自己的身上。从2013年持续至今，我的主业一直是编辑。所以，写作确实是编辑生涯的衍生品。对工作对象的失望和不满让心高气傲死灰复燃，于是便有了最初的写作。坦率地说，我并没有格外看重读书时的那些文字，因为制度规定内的很多行为往往是被迫大于主动，标准重于创造，成果拖垮趣味。大概知识生产就是这样吧。所以，我并不愿意把这些东西与写作关联起来，写作最起码应该与主动的、朴素的、原始的表达欲望和干预冲动相关。所以，2015年以后冲动渐成习惯，写作发展为兼职。于是，便有了批评家这样一个身份。我非常欣喜地接受了它，伴随着虚荣心的满足和名利的获取。好在“批评注定速朽”也不是什么深奥的道理，让适度的自恋和幻觉远离轻佻、浮夸的自我标榜也就不是什么特别难的事情了。人总有一死，但有些人总比另外一些活得长久；批评注定速朽，但是总有一些文字比另外一些文字流传得久远。

批评是写作，写作总是在处理人自身及其与周遭世界的关系。懂的人自然懂了……所以，批评的愉悦来自于不确定的自我和不确定的世界之间一次次的交流和辨认，而批评的焦虑则来自于一次次交流和辨认之后毫无意外的形式和结论，因为这往往意味着自我的停滞和交流、辨认方式的僵化。所以，要允许那些不懂装懂、指手画脚、贬低批评的人存在，精神偏狭、衰老而不自知的人往往疏于行动，难免信口雌黄。他们行为艺术般的言行像是关于拙劣的批评和蹩脚的批评家的警示标志，提醒还在路上前行的人，此路不通，请绕道而行。

所以，还是那句话，继续写吧……如果有一天，我不写了，那肯定是因为写作对我来说不再具有意义，这是一个非常私人的原因。无须再向周围喋喋不休地解释，以营造“世界对我很期待，我对世界很亏欠”的矫情。一个人的写与不写对这个世界来说，从来就没有重要过。

5

我终于按照要求完成了这篇后记。希望下一本书出版的时候，里面能出现几篇与这个集子有所区别的文章。倘若真的实现了，或许能有底气聊聊关于批评的一些新的想法。

6

如果有机会我想把那本假书的名字再用一次，出版一本真书。这次就算了……

2019年12月31日，中潭路